DROEMER

Bei Droemer Taschenbuch ist bereits folgendes Buch der Autorin erschienen:
Die Deutschlehrerin

Über die Autorin:
Judith W. Taschler, 1970 in Linz geboren, ist im Mühlviertel aufgewachsen. Nach einem Auslandsaufenthalt und verschiedenen Jobs studierte sie Germanistik und Geschichte. Sie lebt mit ihrer Familie in Innsbruck und arbeitete jahrelang als Lehrerin. Mittlerweile ist sie freie Schriftstellerin und Drehbuchautorin. Für ihren Roman »Die Deutschlehrerin« gewann sie 2014 den renommierten Friedrich-Glauser-Preis.
Weitere Informationen unter www.jwtaschler.at

JUDITH W. TASCHLER

APANIES PERLEN

ERZÄHLUNGEN

DROEMER

Besuchen Sie uns im Internet:
www.droemer.de

FSC
www.fsc.org
MIX
Papier aus verantwortungsvollen Quellen
FSC® C083411

Vollständige Taschenbuchausgabe Mai 2015
Droemer Taschenbuch

Ein Unternehmen der Verlagsgruppe Droemer Knaur
GmbH & Co. KG, München.

Covergestaltung: NETWORK! Werbeagentur, München
Coverabbildung: © plainpicture/Lohfink
Satz: Adobe InDesign im Verlag
Druck und Bindung: CPI books GmbH, Leck
ISBN 978-3-426-30440-2

2 4 5 3 1

Inhalt

Oskar oder
Who the fuck is Waldheim?

Als Oskar mit achtzehn ein Auslandsjahr in den USA machte, begab er sich auf die Suche nach seinem leiblichen Großvater, der damals vor vielen Jahren als Besatzungssoldat seine Großmutter geschwängert und anschließend sitzengelassen hatte. Mit Hilfe seiner Gasteltern fand er ihn, rief ihn an und wurde prompt eingeladen. Während des gemeinsamen Abendessens richtete der alte Mann unvermittelt ein Gewehr auf Oskar und sperrte ihn in seinen Keller, wo er drei Nächte und zwei Tage verbrachte, bevor er wieder ans Tageslicht gezerrt wurde. In diesen sechzig Stunden Gefangenschaft in dem fensterlosen Kellerraum machte Oskar die Hölle durch, eine wahnsinnige Angst lähmte alles an ihm, denn er war sich sicher, dass er bald sterben müsse. Sein kurzes Leben lief wie ein Film vor ihm ab.

Hätte Oskar eine Vagina gehabt, hätte ihn seine Mutter nicht zur Adoption freigegeben.

Er wurde am 24. Dezember 1968 geboren, doch für seine Mutter Agnes Matzerath war er kein Christkind. Als sie nämlich seinen kleinen Penis sah, fing sie an zu weinen, sie konnte sich gar nicht mehr beruhigen, so sehr musste sie schluchzen. Man konnte ihr den Säugling nicht auf den Bauch legen, was sie ohnehin nicht wünschte. Sie hatte sich sehnlichst eine Tochter gewünscht, ein Püppchen zum Ankleiden und Spielen, später eine Verbündete, mit der man von Frau zu Frau reden konnte. Nur eine Stunde nach der Geburt entschloss sie sich, das Baby zur Adoption freizugeben.

Sie tat es dann doch nicht so schnell, weil ihre Krankenzimmergenossin, eine erzfromme Religionslehrerin, sie dazu überredete, den Sohnemann zu behalten. Diese Lehrerin hatte gerade ihre dritte Tochter zur Welt gebracht und starrte unverhohlen gierig auf Oskars Geschlecht. Schließlich war sie es, die ihn die meiste Zeit wickelte, herumtrug und ihm die Flasche gab, denn er war zu einer Zeit geboren worden, in der Muttermilch als nicht gesund und steril genug für Babys erachtet wurde. Er durfte also nie an die prallen Brüste seiner Mutter, sie stillte unter Schmerzen ab, und er nuckelte lustlos aus dem Gummisauger sein dünnes Süppchen.

Seinen Namen Oskar verdankte er dem kleinwüchsigen Oskar Matzerath mit der Blechtrommel, dessen Mutter wie seine Agnes geheißen hatte. Ein junger Deutschlehrer, der ihr erster großer Schwarm gewesen war, hatte vor einigen Jahren bei ihrem Namen aufgehorcht, gelacht und gesagt: Du heißt wie eine Figur in Günter Grass' »Blechtrommel«. Daraufhin kaufte sie sich das Buch und begann es zu lesen, um den jungen Mann zu beeindrucken, sie schaffte es aber nicht einmal annähernd bis zum Schluss. Da sie sich nur einen Mädchennamen überlegt hatte, fühlte sie sich überrumpelt, als die Hebamme fragte: »Wie soll denn der stramme Kerl heißen?«, und sie dabei mehrere Augenpaare gespannt anschauten. In ihrer Verlegenheit lief die Zwanzigjährige rot an und hatte nicht den Mut zu sagen, dass sie keinen Bubennamen parat hatte und noch Zeit zum Nachdenken brauchte. Innerhalb weniger Sekunden überlegte sie fieberhaft, was zu Matzerath und Agnes passen würde, und natürlich kam ihr Oskar in den Sinn. Unwillkürlich musste sie grinsen, ja, das war es: Oskar, es konnte nur Oskar sein, Oskar

Matzerath, der kleine Mann mit der Blechtrommel. Genauso eine Blechtrommel wollte sie ihm zum ersten Geburtstag schenken. Dazu sollte es aber nicht mehr kommen.

Agnes Matzerath versuchte es also eine Weile mit ihrem Baby in ihrer Einzimmerwohnung und gelangte an ihre Grenzen. Oskar litt an Koliken und schrie wie am Spieß, sie hasste ihn und haderte mit ihrem Schicksal. Da saß sie nun mit einem Kind, verlassen und unverheiratet.

Ihrem starken Wunsch, geheiratet zu werden, verdankte Oskar überhaupt sein Leben. Ihr Freund Martin Baumann (er war der Sohn des amerikanischen Besatzungssoldaten), drei Jahre älter als sie, wollte und wollte ihr einfach keinen Heiratsantrag machen, und so entschloss sie sich, der Sache mit einer Schwangerschaft ein bisschen nachzuhelfen. Zunächst sah es dann wirklich so aus, als hätte »die kleine Panne« – so titulierte Oskars Mutter seinem Vater gegenüber die ganze Sache – tatsächlich geholfen, der Heiratsantrag erfolgte, die Hochzeit wurde geplant. Doch im sechsten Monat der Schwangerschaft packte der werdende Vater plötzlich seine Siebensachen und verschwand. Alles Bitten und

Betteln half nichts, er konnte auch keine Gründe nennen, die verstand Agnes erst einige Wochen später, als sie ihn Hand in Hand mit einer zarten, attraktiven Blondine vor dem Schaufenster eines Möbelgeschäfts entdeckte. Für sie brach eine Welt zusammen.

Nach tränenreichen Wochen erholte sie sich wieder und sagte der Welt den Kampf an. Sie fand Trost in der Vorstellung, bald ein kleines Mädchen nur für sich zu haben, es mit niemandem teilen zu müssen. Sie und ihre Tochter gegen den Rest der Welt! Völlig überzeugt, dass es ein Mädchen sein würde, besorgte sie sich rosa Sachen aus den Secondhandshops und suchte nur nach einem Mädchennamen: Claudia.

Mit dem rosagekleideten, brüllenden Oskar zu Hause verlor sie mehrmals die Nerven. Es war alles anders, als sie es sich vorgestellt hatte, sie bekam schwere Depressionen, war ständig nervös und überfordert. Agnes fühlte sich krank, erschöpft und hatte das Gefühl, ihr junges Leben verpfuscht zu haben. Ihre Eltern waren bei einem Reisebusunfall vor fünf Jahren ums Leben gekommen, und andere Verwandte, die sie hätte um Unterstützung bitten können, hatte sie nicht. Sie fühlte sich schrecklich einsam und alleine. Das Mutterschaftsgeld reichte von vorne bis hinten nicht, der Ex-Freund weigerte sich, Alimente zu zahlen, und strebte einen Vaterschaftstest an, sie selbst, Agnes, musste wieder arbeiten gehen und das Baby, das viel schrie und erbrach, den ganzen Tag in einer von Nonnen geführten Krippe lassen. Vor sieben Uhr früh brachte sie den Kleinen, oft nicht ausreichend angezogen, in die Krippe, und um fünf Uhr nachmittags, müde und ausgelaugt, holte sie ihn wieder ab, mit dringlichen Ratschlägen der Nonnen versehen.

Einmal konnte sie sich nicht mehr beherrschen, und sie begann, den Kleinen zu würgen. Ab und zu ging sie samstagabends in die nächste Bar und betrank sich, während zu Hause im Gitterbett der Säugling schrie und schrie. Eines Nachts traf sie zufällig auf die Freundin ihres Ex-Freundes, die nicht wusste, wen sie vor sich hatte, und redselig plauderte: über die geplante Hochzeit mit dem Mann ihres Lebens, über sein Wunschkind, das sie bereits in sich trug, über seine hässliche, fette Ex-Freundin und deren furchtbare Eigenschaften und Angewohnheiten.

Um fünf Uhr früh torkelte Agnes stockbesoffen und am Boden zerstört nach Hause und drückte voller Schuldgefühle ihren plärrenden Sohn an sich. Nachdem der Kleine eingeschlafen war, erhängte sie sich in der Küche an dem Haken, an dem die Deckenlampe hing. Vorher hatte sie ihren Ex-Freund telefonisch gebeten, unbedingt vorbeizukommen, sie hätte ihm etwas Wichtiges mitzuteilen. Er kam am Abend vorbei, fand die Tür unverschlossen, die erhängte Agnes von der Küchendecke baumelnd und das ausgekühlte, hungrige, vollgeschissene, schreiende Baby im Schlafzimmer vor. Oskar Matzerath war neun Monate alt, als sein Vater ihn beim Jugendamt mit der Bitte, Adoptiveltern für ihn zu finden, ablieferte.

Hätte Oskar Matzerath eine Vagina gehabt, hätte ihn seine Familie nicht adoptiert.

Das belesene Ehepaar Berger war äußerst verwundert, als es auf dem Jugendamt den vollen Namen des Kindes hörte. Sie sahen sich an und meinten übereinkommend, dass sie ihn von diesem Namen – ihrer Meinung nach eine zu gewaltige Bürde für einen kleinen Buben, die ihn im wahrsten Sinne des Wortes am Wachsen hätte hindern können – umgehend befreien sollten.

Familie Berger lebte auf dem Land und hatte

drei Töchter, die jüngste davon gerade mal sechs Monate alt, als Oskar sich zu ihnen gesellte, und einen toten Sohn, der seit fast zwei Jahren auf dem Friedhof im Familiengrab lag. Konrad, so hatte der Kleine geheißen, war nur drei Monate alt geworden und eines Morgens nicht mehr aufgewacht, er war im Schlaf erstickt. Der Vater hatte den Tod des Kleinen sehr schwer verkraftet, und nachdem das darauffolgende Kind wieder eine Tochter gewesen war, hatte er die Aufnahme eines Adoptivsohns vorangetrieben. Das Adoptionsverfahren ging zügig vor sich, vor allem, weil Martin Baumann, der leibliche Vater, das Ganze so vorantrieb. Aus Oskar Matzerath wurde Oskar Berger, und dieser wuchs in einem großen Haus auf, umgeben von Liebe, Kindern, Tieren, Büchern.

Er dankte das seinen Adoptiveltern, indem er ein äußerst pflegeleichtes Kind war, er war ruhig und machte keine Schwierigkeiten. Seine Kindheit verlief komplikationslos. Nur einmal, er war dreizehn, setzte er sich mit Schwung auf das Sofa und rammte sich dabei eine Stricknadel, die seine Schwester vorher liegen gelassen hatte, in seine rechte Gesäßhälfte. Er musste ins Krankenhaus und sich bäuchlings mit hochgestrecktem Hinterteil, ein Polster wurde daruntergelegt, auf den Untersuchungstisch legen, wo er dann von einer jungen Turnusärztin genäht wurde. Ansonsten kam nichts Außergewöhnliches vor.

Zwischen seinem fünften und dem achten Geburtstag machte Oskar seine ersten sexuellen Erfahrungen, allerdings wusste er in diesem jungen Alter noch nicht, dass es solche waren. Das wurde ihm erst viel später bewusst, und jedes Mal, wenn die Erinnerungen daran in ihm hochkamen, schoss ihm das Blut vor lauter Zorn und Scham in den Kopf.

Seine ersten Erfahrungen mit seinem kleinen Penis, der sich manchmal eigenartig und verwirrend steif aufrichtete, machte Oskar nicht durch eigene Erkundungen. Bei diesen ersten Erfahrungen spielte Martina Navrátilová eine zentrale Rolle. (Genau, diese große, knochige Tennisspielerin aus der Tschechoslowakei – ja, damals war es noch die Tschechoslowakei –, die sich gleich zu Beginn ihrer Karriere als Lesbe outete.)

Eine zweite und noch wesentlich größere Rolle spielte seine Tante Lucia. Die älteste Schwester der Mutter, unverheiratete Zahnarztgehilfin im Nachbarort, war eine eingefleischte Tennisnärrin. Selber beherrschte sie diese Sportart nur mittelmäßig, obwohl sie zwei Mal in der Woche trainierte, eher halbherzig als eisern, doch die Liveübertragungen der Grand-Slam-Turniere wollte sie um keinen Preis verpassen. Bei diesen Übertragungen fieberte sie leidenschaftlich und laut mit und verbrannte dabei wahrscheinlich mehr Kalorien als die Spielerinnen auf dem Tennisplatz.

Da sie keinen Fernseher in ihrer kleinen Wohnung hatte, kam sie bei solchen Gelegenheiten meistens zu ihrer Schwester Franziska und deren Familie. Bevor sie sich in den dunkelgrünen, abgewetzten Lehnstuhl im Wohnzimmer fläzte, schnappte sie sich den kleinen Oskar, ihren Lieblingsneffen, wie sie sich dabei ausdrückte, und setzte ihn sich kurzerhand auf den Schoß. Widerstand wurde nicht geduldet und wäre Oskar auch nicht in den Sinn gekommen. Den Wünschen der Erwachsenen kam man nach, so war das eben. Außerdem bot Tante Lucias Tennisvernarrtheit die einzige Gelegenheit, in den Flimmerkasten starren zu dürfen.

Während also die Navrátilová auf dem roten Turnierplatz um den Sieg kämpfte, lief, schlug, stöhnte und schwitzte, wurde Oskar an einen molligen Frauenkörper gedrückt, abgeschmust, an einer bestimmten Stelle berührt, wieder gedrückt, so fest, dass er beinahe keine Luft mehr bekam. Tante Lucia stöhnte mit der Navrátilová um die Wette, der Einzige, der mucksmäuschenstill war, war der kleine Oskar.

Eigentlich konnte er Tante Lucia von allen seinen Tanten am wenigsten leiden. Sie brachte ihm nie Geschenke mit und machte laute, rauhe Späße auf seine Kosten vor der gesamten Familie. Am allermeisten jedoch ekelte er sich vor ihrem Gebiss: Die Tante hatte riesige gelbe Zähne, und das darüberliegende graurosa Zahnfleisch wurde nicht nur beim schallenden Gelächter entblößt, sondern auch beim Reden und Lächeln, das eher ein Grinsen war. Nicht einzelne Zähne standen vor, das ganze Gebiss ragte nach vorne und erinnerte merklich an ein Pferdegebiss. Die Tatsache, dass Tante Lucia bei einem Zahnarzt arbeitete, empfand Oskar – und nicht nur er – als ironisch. Die Kinder hörten manchmal die Scherze des Vaters, ob das Gebiss der Ordinationsgehilfin denn nun als Werbung für den Zahnarzt oder als Abschreckung diente.

Die ganze Prozedur nahm Oskar anfangs noch gerne in Kauf, um fernsehen zu dürfen, je älter er wurde, desto mehr hasste und verabscheute er sie. Zunehmend peinlich wurde es ihm, auf dem Schoß seiner Tante zu sitzen und von ihr gedrückt zu werden. Sobald er sie auftauchen sah, versuchte er zu entwischen und sich zu verstecken, was ihm nicht selten gelang, doch auch Tante Lucia reagierte auf diese Fluchtversuche. Sie betrat das Haus durch den Kellereingang und schlich sich regelrecht in die Küche, wo alle noch beim Mittagessen saßen, oder in das Wohnzimmer, wo die Kinder spielten. In solchen Fällen hatte Oskar keine Chance, an Tante Lucia vorbei zur Tür zu gelangen und ihrem schnellen, muskulösen Griff zu entkommen. Sie hob ihn hoch, knuddelte ihn und schleppte ihn mit sich in den alten Lehnstuhl.

Erst im achten Lebensjahr getraute er sich, sich zu wehren; wenn sie ihn mit sich zog, schlug er ihr mehrmals gegen die Arme, wobei er schrie: »Lass mich los, ich will nicht mit dir fernsehen!« Anfänglich wollte Tante Lucia das nicht akzeptieren, sie lachte ihren Neffen aus und wieherte: »Natürlich willst du fernsehen!«, und nahm ihn auf den Schoß, wo er sich aber immer öfter befreien konnte.

Erst als er sie sogar in den Oberarm biss, begriff sie. Ihre Wut war groß, sie holte aus, schlug ihn mit der flachen Hand heftig auf die Wange und sagte kalt: »Was fällt dir ein, mich zu beißen, du dahergelaufener Rotzlöffel!« Bei den Eltern wurde er verpetzt, er habe sie ohne Grund gebissen, gezwickt, eine Strafe blieb aber aus. Zu seinem Glück schätzten die Eltern, besonders der Vater, Tante Lucia nicht sehr, warum das so war, wussten die Kinder zwar nicht, die Geringschätzung aber hatten sie von klein auf gespürt.

Ein paar Wochen später probierte sie es mit Überredungskünsten, sie habe eine ganze Tafel Schokolade mit, nur für ihn, ob Oskar sie nicht vor dem Fernseher essen wolle? Er wollte nicht.

Als er in die Pubertät kam und sein Penis konsequent ein Eigenleben entwickelte, verfolgten ihn über Jahre hinweg Alpträume. Der Inhalt war mehr oder weniger ständig der gleiche: Beim Fernsehen mit Freunden im Wohnzimmer war er plötzlich an den Stuhl gefesselt, ein Pferdegebiss kam langsam, die Zähne bleckend, auf ihn zu und entledigte ihn schließlich knirschend und kauend seines Penis, während er sich die Seele aus dem Leib schrie und die Freunde sich krummlachten und nichts taten, um ihm zu Hilfe zu kommen.

Das Schlimmste an dem Alptraum war, dass er schließlich zu einem Tagtraum mutierte, der ihn zu den unmöglichsten Zeiten im Unterricht quälte. Während seines sechzehnten Lebensjahrs verschwand das grinsende Pferdegebiss dann von selbst.

Das schlimmste Erlebnis in Oskars Kindheit war, als er ansehen musste, wie sich zwei Schäferhunde paarten.

Er war noch keine neun Jahre alt, als irgendein Rüde aus dem Ort im Garten auftauchte und sich auf seine junge Hündin Wodka stürzte. Wodka war eigentlich der Hund der Familie, da sie aber von Anfang an einen großen Narren an Oskar gefressen hatte – sie lief ihm überallhin nach, sogar bis zur Schule, ließ sich nur von ihm füttern und streicheln –, wurde bald von ihr nur noch als Oskars Hündin gesprochen. Die Geschwister hatten ausnahmsweise keine Einwände, die Sache war in diesem Fall wirklich zu eindeutig.

Zuerst wollte Oskar den großen schwarzen Hund einfach vertreiben, die Verscheuchungsversuche ignorierte dieser jedoch gelassen, zielstrebig verfolgte er sein Ziel. Und was tat Wodka? Sie lief auf den Besucher zu, begrüßte ihn schwanzwedelnd, blieb stehen, und Oskar musste dem Folgenden hilflos zusehen. Der Rüde sprang auf Wodka und drang in sie ein. Die beiden blieben miteinander verbunden, mindestens fünfzehn Minuten lang, die ganze Zeit winselte die Hündin kläglich und versuchte verzweifelt freizukommen. Sie hatte schließlich Schaum vor dem Mund, und ihre verengten Augen schimmerten weiß. Oskar erschienen diese Minuten wie eine Ewigkeit, er konnte nichts tun und wurde beinahe panisch vor Angst und Mitleid, er dachte, Wodka würde jetzt vor seinen Augen sterben. Doch plötzlich war der Spuk vorüber, und die zwei Hunde liefen gemächlich auseinander, als wäre nichts gewesen, der eine aus dem Garten, die andere in das Haus hinein.

Wodka bekam vier kleine Welpen, hilflos, nass und blind wurden sie in Oskars Zimmer geboren. Er war von Anfang an verrückt nach den kleinen Hunden, jede freie Minute verbrachte er mit ihnen.

Sie wurden alle ertränkt. Nicht einen durfte die Hündin behalten, obwohl Oskar darum bettelte. Es hieß, man würde keine Abnehmer finden. Die Hündin wurde daraufhin aggressiv und biss einige Nachbarn in den Unterschenkel, in den Oberschenkel oder regelrecht in das Hinterteil. Die Tatsache, dass die Leute Angst davor hatten, an ihrem Haus vorbeizugehen, die Tatsache, dass einige mit zerrissener Hose davonliefen, belustigte Oskar.

Mit seinen elf Jahren begriff er den Ernst der Lage nicht, auch nicht, als zwei Anzeigen erstattet wurden und die Polizei ins Haus kam, um ihn zu einem bestimmten Vorfall – eine Nachbarin war gebissen worden, wobei die Hose zerrissen wurde – zu vernehmen. Oskar musste genau schildern, wie sich die Sache zugetragen hatte, und wurde dann im Polizeiwagen zum Nachmittagsunterricht in die Schule gefahren, mit Blaulicht, weil er sich das wünschte. Den ganzen Tag lang war er der Held in der Klasse.

Worum es tatsächlich ging, nämlich um Wodkas Leben oder Tod, verstand Oskar bis zum Schluss nicht, erst dann, als es zu spät war. An einem Faschingsdienstag ließ man die Hündin von einem Bekannten, der ein Gewehr hatte, erschießen. Oskar kam mittags von der Schule nach Hause und spürte sofort, dass etwas in der Luft lag. Wodka lief ihm nicht wie üblich entgegen, sprang nicht an ihm hoch, leckte nicht sein Gesicht mit ihrer warm-nassen Zunge ab.

Da roch er den Geruch des Todes, auch wenn es noch so unglaubwürdig klingt, es ist die Wahrheit: Er roch den Tod. Und lange Zeit noch, wenn er intensiv an diesen Tag dachte, hatte er wieder diesen Geruch in der Nase. Seither hasste Oskar die Faschingszeit.

Als Oskar älter wurde, veränderte sich sein Körper. Zuerst wuchs sein Kopf, und seine Arme wurden länger, während jedoch der Rest des Körpers weiterhin schmächtig und schmal blieb. Dass er leichte Ähnlichkeit mit einem Orang-Utan hatte, versicherten ihm hänselnd seine Schulkollegen. Später dann wurden auch seine Beine länger, kräftiger und behaarter, und noch eine Weile später zog auch der Oberkörper nach: Die Schultern und der Brustkorb weiteten und dehnten sich.

Nicht nur die Proportionen und Körpermaße änderten sich, auch die Beschaffenheit der Haut.

Oskar bekam Akne, nicht nur im Gesicht, sondern auch am Hals und am Rücken. Die großen Pickel waren voll Eiter, und er drückte sie, so gut es eben ging, jeden Morgen und Abend aus, wobei der Eiter nur so gegen den Spiegel spritzte. Nicht, dass ihn das Ganze besonders gestört hätte, kaum ein Bursche in der Klasse sah besser aus. Außerdem bildete sich Oskar ein, dass das ungepflegte Aussehen seiner Haut die Mädchen davon abhielt, sich ihm zu nähern. Und aus Schüchternheit wünschte er sich, dass die Mädchen fernblieben.

Auch die restlichen Quadratzentimeter Haut, auf denen keine Pickel wuchsen, fühlten sich ölig an, ebenso wie die Haare, und in den Ohren sammelte sich kaffeelöffelweise Ohrenschmalz. Oft waren am Morgen die Augen mit Eiter verklebt. Er kratzte ständig an sich herum, und immer schien aus irgendwelchen Öffnungen Eiter oder Ähnliches zu quellen, seine Fingernägel waren nur noch klebrig. Auch beim Onanieren hatte er die Wahnvorstellung, dass das, was da gleich aus seinem Penis kommen würde, ein Patzen Eiter sein könnte.

Oskar kam es vor, als wäre sein ganzer Körper mit einer gelben, breiigen, ekligen Flüssigkeit gefüllt, als besäße er keine Knochen oder Muskeln, als bestünde der gesamte Körperinhalt, von den Zehen bis zum Gehirn, aus einer Mischung von Eiter, Talg und Ohrenschmalz und würde nur von seiner Haut zusammengehalten. Schließlich verfolgte ihn sogar die Zwangsidee, er müsse onanieren, damit Eiter abfließen könne, denn lange würde die Haut dem nicht mehr standhalten, sie würde platzen, und es gäbe ihn nicht mehr, nur noch ein riesiger Haufen Eiter auf dem Boden würde zäh auseinanderrinnen.

Mit fast fünfzehn kam Oskar in die Stadt, in der er seine ersten neun Lebensmonate verbracht hatte, um eine Höhere Technische Lehranstalt zu besuchen. In den beiden ersten Jahren wohnte er in einem Schülerheim und kam nur an den Wochenenden nach Hause. Die Schule gefiel ihm gut, und das Lernen fiel ihm leicht, ganz besonders interessierte er sich für ein neuartiges Ding, genannt Computer, den immer mehr Firmen benutzten. Er war begeistert davon, verbrachte jeden Tag Stunden damit und wusste sehr bald, was er werden wollte: Computerfachmann. Das Schülerheim mochte er nicht.

Dieses Leben auf engem Raum mit vielen anderen Menschen hasste er, schon alleine der Gestank von verschwitzten, ungewaschenen, hormondurchtränkten Körpern, der ihm entgegenschlug, wenn er den großen Schlafraum mit acht Betten betrat, widerte ihn zutiefst an.

Gegen Ende der zweiten Klasse überzeugte er die Eltern, in eine kleine, billige Mietwohnung ziehen zu dürfen. Sie hatte einer verstorbenen Großtante seines besten Freundes Matthias gehört, und dessen Eltern wussten nicht, was sie mit der schäbigen, kleinen, muffigen Wohnung anfangen sollten. Großtante Rosa Gritsch hatte mehr als sechzig Jahre in der Wohnung gelebt, war auch darin gestorben und hatte drei Wochen lang als Leiche im Bett gelegen. Die neuen Besitzer hatten kein Geld, um zu sanieren, und fanden lange Zeit weder Käufer noch Mieter, sie waren schließlich froh, dass der Freund ihres Sohnes für eine geringe Miete darin wohnen wollte. In den Sommerferien renovierte er gemeinsam mit Matthias die beiden Räume – Schlafzimmer, große Wohnküche – samt Vorraum und Badezimmer. Außerdem räucherte er sie immer wieder aus, um den süßlichen Geruch der Leiche und den Geist der alten Rosa selbst zu vertreiben; ganz jedoch wollte er sie gar nicht verjagen, er hatte keine Angst vor Toten, und die Vorstellung, der Geist einer alten Dame würde herumschweben und ihm bei seinem Alltag zusehen, gefiel ihm. Von Anfang an genoss er es, alleine zu wohnen und vor allem – alleiniger Herrscher seines Tagesablaufs zu sein.

Zum achtzehnten Geburtstag bezahlten die Eltern Oskar den Führerscheinkurs und schenkten ihm nach der bestandenen Prüfung einen alten, rostigen Volvo. Außerdem machte er zum selben Zeitpunkt seine ersten Erfahrungen mit einem weiblichen Körper. Die Akne war wunderbar verheilt, nur wenige Narben waren – mehr wegen seiner Kratzerei als wegen der Akne selbst – auf den Schläfen noch zu erkennen.

Das Mädchen hieß Sabine, war Matthias' Schwester und drei Jahre älter als er. Sie fuhr auf Jungs ab, die um etliches jünger waren als sie. Die beiden lernten sich auf einer Silvesterparty (das Jahr 1987 begann) kennen, die Matthias organisiert hatte. Die Party spielte sich folgendermaßen ab: Sieben Jugendliche (Matthias und seine drei Schulfreunde Oskar, Leo und Thomas; Sabine und ihre zwei Freundinnen Andrea und Regina) lungerten auf einem Sofa beziehungsweise auf dem Boden herum, rauchten Marihuana, tranken Bier (die Burschen) oder Cola-Rum (die Mädchen), sahen fern, gaben blöde Sprüche von sich (die Burschen) und langweilten sich (die Mädchen).

Erotik kam ins Spiel, als Matthias irgendeine dumme Bemerkung über Findelkinder machte und Oskar fragte, wie es denn sei, ein Findelkind zu sein, worauf dieser antwortete, er sei nie eines gewesen, sondern ein Adoptivkind, was ja ein gewaltiger Unterschied sei. Das war der Beginn der kurzen Beziehung zwischen Oskar und Sabine, die Zündung schlechthin für ihr Interesse an ihm.

Sie schien plötzlich aus ihrem Dusel zu erwachen und kroch an Oskars Seite, der auf dem Boden saß. Seinen Nacken streichelnd, fragte sie ihn flüsternd: »Deine Mutter hat dich echt weggegeben? Wie alt warst du da?«

Oskar war das Ganze peinlich, er hatte nie gerne über seine Adoption gesprochen, die mitleidsvolle Neugier, die ihm entgegenschlug, wenn jemand davon erfuhr, war ihm immer unangenehm gewesen.

»Na, erzähl schon«, drängte Sabine.

Oskar verweigerte das Gespräch. Er war stinksauer auf Matthias, weil dieser das Thema vor seinen Freunden angeschnitten hatte. Die zwei anderen Mädchen lauschten zunächst angestrengt und dösten nach einer Weile wieder weg, da der Befragte nicht antwortete. Die Einzige, die nicht lockerließ, war Sabine.

»Na, erzähl schon«, drängte sie wieder, und weil schließlich Mitternacht lange vorbei war und die Gespräche ohnehin gänzlich eingeschlafen waren, schleppte sie ihn mit auf ihr Zimmer.

In ihrem winzigen Zimmer hatte Oskar Mühe, auf das Hochbett hinaufzukommen, und oben angekommen, hätte er sich am liebsten nur eingerollt, um tief und fest zu schlafen. Vor seinen Augen wackelte alles, sein Kopf dröhnte, seine Zunge fühlte sich dick und schwer an, seine Arme und Beine bewegten sich in Zeitlupe, ihm war übel. Sabine zog ihren Pullover mit V-Ausschnitt, ihr Unterhemd und ihren BH aus, und Oskar wurde für einen kurzen Moment hellwach, als er ihre überdimensional großen weißen Brüste sah. Nachdem sie ihm die Hose bis zu den Knien hinuntergezogen, eine Weile an seinem Penis herumgefummelt und gemerkt hatte, dass mit diesem nicht viel anzufangen war, begann sie, seinen Kopf an ihren Brüsten zu wiegen und dabei zu murmeln: »Mein armes Baby, ich muss dich leider weggeben, ach, mein armes Baby.«

Was sie weiterhin noch flüsterte und murmelte, hörte er nicht mehr, da er auf der Stelle einschlief, so bekam er auch nicht mit, dass sie sich mit einem Polster selbst befriedigte. Zwei Wochen darauf trafen sich die beiden noch einmal, und es kam zu einer Wiederholung des gleichen Spektakels. Als Oskar ihre riesigen Brüste und ihren schwabbeligen Bauch sah, versagte sein bestes Stück ihm den Dienst, worauf sie mit beiden Händen seinen Kopf packte, an ihre Brustwarzen zog und ihn zu wiegen begann und Oskar sich mit den Worten »Ich kann nicht, tut mir leid, ich kann nicht« befreite und aus dem Zimmer lief. Das war das Ende der Affäre mit Sabine, seine Freundschaft zu Matthias trug keinen Schaden davon, im Gegenteil, dieser war schadenfroh, denn er gönnte seiner Schwester rein gar nichts. Im Frühling darauf erlebte Oskar seine erste große Liebe, er traf auf Emilia.

Ende Februar zog im Ergeschoss eine dreiundzwanzigjährige kolumbianische Studentin bei ihrem Onkel ein. Sie hatte strahlende dunkelbraune Augen, kurze schwarze Locken und sehr lange goldbraune Beine, Oskar hatte noch nie so eine schöne Frau gesehen.

Oskar und sie begegneten einander häufig im Stiegenhaus, jedes Mal lächelte sie ihn durchdringend an und wollte mit ihm in ihrem schlechten Englisch plaudern. Sie erzählte, dass sie aus einer kleinen Stadt namens Mitú im Landesinneren Kolumbiens stammte, dass sie hier Internationale Wirtschaftswissenschaften studierte, dass ihr Onkel, er war ein entfernter Verwandter ihrer Mutter, sie eingeladen hatte zu kommen. Je mehr Wochen verstrichen, umso mehr schien sie ihre Lebendigkeit und Fröhlichkeit verloren zu haben. Wenn Oskar an ihrer Wohnungstür vorbeiging, kam es manchmal vor, dass er die beiden schreien hörte, auch glaubte er einmal zu hören, dass jemand geschlagen wurde. Sein Herz klopfte wie wild, er wollte an der Tür läuten, lief aber dann schnell zu seiner Wohnung hinauf. Oben angekommen, schimpfte er sich einen Feigling, er griff nach dem Telefon und wollte die Polizei anrufen, fand aber auch dazu nicht den Mut.

Und eines Nachts im Mai passierte es: Bei der

Fahrt in seinem uralten, verrosteten Volvo – er wollte zu einer Geburtstagsfeier außerhalb der Stadt – tauchte auf der Rückbank Emilia auf, woraufhin der ohnehin leicht beduselte Oskar, er hatte vorher schon Bier getrunken, so erschrak, dass er das Lenkrad verriss und der Volvo in eine Litfaßsäule krachte. Sie hatte sich bereits nachmittags im Auto, dessen Türschlösser nicht mehr funktionierten, versteckt und auf Oskar gewartet. Ihre Augen waren vom Weinen gerötet, ihre ansonsten lässigen Gesten wirkten fahrig und zittrig.

Der Volvo war beim Teufel, und auch die Geburtstagsfeier konnte er vergessen, dafür zog Emilia an diesem Abend bei ihm ein, ohne etwas bei sich zu haben, nicht einmal eine Zahnbürste. Oskar gab ihr seine schwarze Kapuzenjacke zum Anziehen und ging mit ihr, auf Zehenspitzen schleichend, in seine Wohnung, vorher hatte er sich vergewissert, dass der Onkel nicht zu Hause war. Bereits in der ersten Nacht entschädigte sie ihn für den kaputten Volvo, indem sie ihn sanft beritt. Es war für ihn das erste Mal, dass er mit einer Frau schlief.

Anschließend lag sie mit ihrem Kopf auf seiner Brust und erzählte ihm von ihrem gewalttätigen Onkel, der sie mit süßlichen Briefen an sie und ihre Familie überredet hatte, zu ihm zu kommen, der mehrmals versucht hatte, sie zu vergewaltigen, der sie in der Wohnung einsperrte, so dass sie nicht zur Universität fahren konnte. Oskar glaubte ihr, spürte Mitleid und Hass bis zum Hals klopfen.

Die beiden verkrochen sich in der Wohnung und waren von ihrer Außenwelt fast völlig abgeschnitten, sie brauchten keine anderen Leute, sie genügten sich selbst. Oskar ging nicht mehr zur Schule. Wenn der Kühlschrank leer war, ging er schnell um die Ecke einkaufen, wenn Matthias wegen einer Party anrief, wimmelte er ihn ungeduldig ab. Anfangs liebten sie sich nicht nur in der Nacht, sondern auch untertags, und den Rest der Zeit putzte Emilia die Wohnung oder kochte kolumbianische Gerichte, oder sie sahen fern, oder sie lernten gemeinsam Deutsch, oder sie erzählten sich von ihrem Leben, radebrechend in Englisch. Viel mehr Adjektive als »bad«, »good« und »normal«, um ihre Vergangenheit oder auch gegenwärtige Ereignisse zu beschreiben, gab es nicht. Plötzlich war alles nur noch schwarz oder weiß, und dazwischen herrschte ein zäher Grauton. Dreimal in der Woche gab es Ajiaco Santafereno, Emilias Lieblingsgericht, einen Eintopf mit Hühnerfleisch, Maiskolben, Kartoffeln und Sahne, Oskar schmeckte er nicht besonders, aber er verschwieg es.

Er schwebte im siebten Himmel, er fand es berauschend, dass Emilia nicht nur sexy war, sondern auch Sinn für den Haushalt hatte und seiner verwahrlosten Wohnung den Kampf ansagte. Oft lag er auf dem Sofa und sah ihr zu, wie sie nackt saugte und wischte und dazu sang.

Es gab nur sie beide, und Oskar hatte das Gefühl, als würde keine Welt außerhalb dieser altmodisch eingerichteten Zweizimmerwohnung existieren. Gelegentlich spürten sie Tante Rosas Geist, der ihnen wohlwollend bei ihren Liebesspielen zusah, und sie machten sich einen Spaß daraus, mit der Verstorbenen zu kommunizieren. Kaum verließ Oskar die Wohnung, um Lebensmittel einzukaufen, fühlte er sich außerordentlich unwohl und seltsam fragmentiert. Sie schmiedeten Zukunftspläne, sprachen vom Heiraten, nur dadurch würde Emilia eine Aufenthaltsgenehmigung erhalten und endlich richtig studieren und nebenbei arbeiten können.

Eines Tages stand sein Vater vor der Tür und stellte ihn zur Rede, die Schule habe ihn angerufen und ihm mitgeteilt, dass Oskar seit zwei Wochen den Unterricht nicht mehr besucht hatte. Dieser erfand eine schwere Grippe, die ihn gezwungen hätte, das Bett zu hüten. Emilia musste sich währenddessen im Badezimmer in der Duschkabine verstecken. Als der Vater auf die Toilette ging, hielt sie die Luft an, und er entdeckte sie tatsächlich nicht, obwohl ihr Schatten hinter dem hellen Duschvorhang gespenstisch sichtbar war. Oskar wusste, sein Vater würde seine Geliebte nicht bemerken, er kannte ihn zu gut: Der Mann sah weder nach rechts noch nach links. Anschließend lachten sich die zwei halbtot.

Danach ging Oskar wieder zur Schule, während er weg war, sah Emilia fern, schlief oder kochte, so zumindest dachte er. Bald fielen ihm an ihr einige Veränderungen auf. Hatte sie zunächst nur schlabbrige Shirts und Pullover und eine zu enge Jeans von ihm getragen, besaß sie plötzlich die verschiedensten Kleidungsstücke, Ketten, Armbänder und auch Reizunterwäsche. Er erfuhr von ihr, dass sie während seiner Abwesenheit Streifzüge durch große Kaufhäuser machte und von dort Sachen, die ihr gefielen, mitgehen ließ. Entsetzt flehte er sie an, nie wieder etwas zu stehlen, und obwohl sie es schwor, hatte er seither panische Angst um sie.

Weinend gestand sie ihm, dass sie sich langweilte. Sie wünschte sich Ausflüge aufs Land, in andere Städte, und Oskar kaufte noch am selben Tag um viertausend Schilling einen uralten Golf.

Am Wochenende fuhren sie ins Grüne. An einem einsamen See hielten sie an, und nur mit Unterhose bekleidet, sprangen sie ins Wasser, anschließend lagen sie in der Wiese und liebten sich. Dabei konnte Oskar die Ahnung nicht loswerden, dass er Emilia bald verlieren würde. Später fuhren sie weiter nach Wien, bummelten durch die Stadt und übernachteten in einer heruntergekommenen Pension am Stadtrand. Als sie am Sonntag spät in der Nacht zurückkamen, standen zwei Männer vor der Wohnungstür. Während Oskar die Tür aufsperrte, stellten sie sich vor, es waren Beamte der Fremdenpolizei, sie wollten Emilia mitnehmen, um sie in ihre Heimat abzuschieben. Ein anonymer Anruf war bei der Fremdenpolizei eingegangen.

Emilia zog es vor abzuhauen, sie huschte in die Wohnung und sprintete ins Badezimmer, Oskar ihr nach. Sie sprang aus dem kleinen Fenster, und nach kurzem Zögern folgte er ihr.

Er musste sich in diesen wenigen Sekunden, während er auf dem Toilettendeckel stand und zusah, wie Emilia die drei Meter auf den gepflasterten Hof hinuntersprang, und die Polizisten inzwischen bereits begannen, die Badezimmertür gewaltsam aufzubrechen, eingestehen, dass er sich ein Leben ohne sie nicht mehr vorstellen konnte. Er sprang hinunter in die Dunkelheit und hörte beim Aufkommen seine Knochen splittern. Noch nie hatte er solch einen körperlichen Schmerz empfunden, er schrie auf, wenige Sekunden später kam der seelische Schmerz dazu, denn Emilia kam zu ihm zurück, entnahm seiner Hosentasche den Autoschlüssel, flüsterte mit ihrem bezaubernden Akzent: »Alles Gute für deine Zukunft!«, was er gerade mit ihr geübt hatte, und lief zum Auto. Mit dem rostigen grünen Golf raste sie davon, Oskar sah ihr perplex nach, er hatte gar nicht gewusst, dass sie Auto fahren konnte.

Dass er vieles von seiner ersten großen Liebe nicht gewusst hatte, erfuhr er im Krankenhaus von der Polizei. Sein komplizierter Unterschenkelbruch musste operiert werden, und anschließend teilte er sich drei Wochen lang ein Vierbettzimmer mit drei schnarchenden Männern.

Die halben Nächte verbrachte er im Fernsehzimmer mit FS1 und FS2 und Berichten über Kurt Waldheim, dem Lügen über die Vergangenheit nachgewiesen wurden. Es war ein heißer Juni, draußen schien die Sonne, und die Vögel zwitscherten jeden Morgen, in Oskars Innerem aber sah es düster aus. Als er vom Beamten der Fremdenpolizei erfuhr, dass Emilia seit ihrem dreizehnten Lebensjahr Prostituierte gewesen war, wurde ihm heiß und kalt gleichzeitig, und sein Penis fing an zu jucken. Der Onkel war kein Onkel, sondern ein Zuhälter gewesen, er hatte Emilia im Urlaub kennengelernt und war von ihren Diensten dermaßen begeistert gewesen, dass er sie kurzentschlossen in die Heimat mitnahm, wo er sie zunächst exklusiv für sich haben wollte und wo er sie, wenn er von ihr genug gehabt hätte, anschaffen geschickt hätte. Emilia jedoch wollte nicht exklusiv für ihn da sein und in der kleinen Wohnung eingesperrt, sie wollte sofort eine eigene kleine Wohnung und andere Kunden haben, um Geld zu verdienen und um sich ein neues Leben in diesem Schlaraffenland aufbauen zu können. Sie hatte ihn mehr als einmal ins Gesicht geschlagen.

»Was ist mit ihr passiert? Wo ist sie?«, fragte Oskar.

»Sie hat sich eine wilde Verfolgungsjagd mit der Polizei geliefert, aber nach ein paar Kilometern hat man sie geschnappt. Sie sitzt in Schubhaft und wird demnächst in die Heimat abgeschoben.«

»Was passiert mit mir?«

»Nichts. Dein Vater hat erreicht, dass von einer Anzeige abgesehen wird.«

Das war das Ende seiner Beziehung zu Emilia, in der Schubhaft durfte er sie nicht besuchen. Sie ließ ihn mit gebrochenem Herzen und zwei zu Schrott gefahrenen Autos zurück, die noch lange im Garten seines Elternhauses standen und ihn wie ein Mahnmal an seine Naivität erinnerten.

Die Wohnung durfte er nicht behalten, die Eltern verlangten von ihm, nach dem Sommer ins Schülerheim zurückzuziehen. Oskar sehnte sich danach, weit fortzugehen und alles hinter sich zu lassen. In den Sommerferien, in denen er die meiste Zeit in der Hängematte vor sich hin döste und träumte, nahm sein leiblicher Vater Martin Baumann plötzlich Kontakt mit ihm auf.

Der Himmel verdüsterte sich eines Nachmittags, Oskar sah aus seinem Liegedomizil hoch, bemerkte einen großgewachsenen Mann vor sich stehen, der die Sonne verdeckte. Der Mann, fett, ungepflegt, nach Bier und Zigaretten riechend, stellte sich mit »Ich heiße Martin Baumann und bin dein richtiger Vater« vor, sein Vater kam dazu und meinte: »Deine Mutter und ich haben dem Kennenlernen zugestimmt, wir dachten, es würde dich ablenken.«

Die beiden saßen den ganzen Nachmittag und Abend zusammen, den gemeinsamen Spaziergang brach Oskar nach ein paar Minuten ab, da er Baumanns Schnaufen unerträglich fand. Baumann, der ein Bier nach dem anderen trank, schien eine Lebensbeichte ablegen zu wollen und begann diese mit den Worten: »Ich bin eine gescheiterte Existenz.« Oskar hingegen kam kaum zu Wort. Er war ohnehin mit dem Gedanken beschäftigt: Bitte, lieber Gott, lass diesen Mann nicht mein Vater sein!

Baumann war geschieden, hatte eine Tochter, ein Jahr jünger als Oskar, zu der er allerdings keinen Kontakt hatte, außerdem war er seit längerem arbeitslos. Dass ihm in seinem Leben so gar nichts gelingen wollte, lag an seiner unglücklichen Kindheit und Jugend, so behauptete er. Seine Mutter, Maria Baumann, die jetzt, an Alzheimer leidend, in einem Pflegeheim lebte, war mit einem amerikanischen Besatzungssoldaten liiert gewesen, der sie schwanger hatte sitzenlassen. Sie hatte ihn, Martin, zur Welt gebracht und ihn alleine unter großen Entbehrungen großgezogen. Die Familie verstieß sie, die ersten Jahre musste sie ihn zu Bauersleuten auf dem Land geben, weil sie arbeiten musste. Er sah immer noch jeden Tag das unglückliche Gesicht seiner Mutter vor sich.

»Und deshalb hast du meine schwangere Mutter sitzenlassen, um sozusagen die Familientradition aufrechtzuerhalten?«, fragte Oskar.

Darauf wusste der betrunkene Baumann keine Antwort. Beim Abschied beschwor er seinen Sohn, ihn ab und zu in der Stadt zu besuchen.

Anfang September 1987 saß Oskar im Flugzeug und flog von Wien nach New York und von dort weiter nach San Francisco, wo er von seiner Gastfamilie abgeholt wurde. Die Gastfamilie bestand aus der vierunddreißigjährigen Jane, ihrem sechzigjährigen Vater James und dem achtjährigen Sohn David. Zuerst dachte Oskar, als alle drei so braun gebrannt und strahlend in ihren Shorts vor ihm standen, dass James und Jane ein Paar wären, mit einigen Jahren Altersunterschied, und David ihr Sohn. Doch während der Fahrt nach Downtown erfuhr er, dass Jane geschieden war und seither der Witwer James bei ihr im Haus lebte, um ihr bei Haushalt und Kind zu helfen, denn Jane war eine vielbeschäftigte und erfolgreiche Reporterin beim *San Francisco Chronicle.*

Oskar kam alles typisch amerikanisch vor, obwohl er gar nicht konkret wusste, was denn nun The American Way of Life ausmachen sollte, doch immer schon hatte er sich Amerika so vorgestellt, wie es sich in den ersten Stunden seines Aufenthaltes präsentierte: ein sportlicher, anstrengend humorvoller Pensionist, der von sämtlichen amerikanischen Präsidenten erzählte, die er miterlebt hatte; eine attraktive Frau mit einer bedächtigen Sprechweise, beruflich ehrgeizig, außerdem patriotisch und religiös (Jane sprach mehrmals von »our« church und »our« America); ein molliger, quengelnder Junge mit Hamsterbacken, der ständig von Baseball und Football (er war ein Fan der 49ers) quasselte; ein riesiger Chevrolet mit Ledersitzen, in dem man durch die hügelige Stadt wie in einem Schiff schaukelte, und schließlich ein schmales, dreistöckiges hellblaues Haus mitten in San Francisco, an dem die berühmten Cable Cars vorbeifuhren. Oskar bekam ein kleines, gemütliches Zimmer im obersten Stock, von dem aus er das Meer und sogar die Insel Alcatraz sehen konnte. Er war zufrieden, er wusste, er hatte es mit dieser Gastfamilie gut getroffen. Doch schon in der ersten Nacht vermisste er Emilia wieder so stark, dass er das Kopfkissen nass weinte und das Leintuch nass spritzte.

Jane und James bemühten sich sehr um ihn, sie sprachen langsam und wiederholten alles zweimal, damit er folgen konnte, sie zeigten ihm gleich am ersten Tag das Heald College in der Mission Street, wo er verschiedene Kurse besuchen sollte, halfen ihm bei der Einschreibung im Sekretariat und stellten ihn sogar dem Direktor vor, den Jane flüchtig kannte (Jane schien durch ihren Beruf jeden in der Stadt zu kennen).

Nach sieben Wochen dachte Oskar aufgrund mehrerer Gesten, zufälliger Berührungen und Aufmerksamkeiten Janes ihm gegenüber, dass seine Gastmutter Interesse an ihm hätte. Nach neun Wochen betranken sie sich gemeinsam mit

Barley Wine, einem grässlich schmeckenden Bier, und schliefen das erste Mal miteinander. Das war nur möglich, da David und James alleine zu einem Angel- und Campingurlaub im Clear Lake State Park gefahren waren, dem einzigen Freshwaterlake im ganzen Staat Kalifornien, wie James ein paarmal fröhlich erwähnte. Jane konnte nicht mitfahren, da sie einen längeren Artikel über Arnold Schwarzenegger verfassen musste, und sie bat Oskar, der liebend gern mitgefahren wäre, ihr dabei zu helfen. Sie standen in der Küche, es war bereits Mitternacht, und Jane, mit der Bierflasche in der Hand, erzählte aufgedreht von einer Europareise, die sie mit achtzehn gemacht hatte.

Oskar redete aufgewühlt von Kurt Waldheim, der ständig in seinen Gedanken herumgeisterte, seitdem er sich in San Francisco aufhielt. Bei jedem Amerikaner, den er kennenlernte, hatte er Angst, er würde in ihm, dem Österreicher, einen Nachkommen von Nazis sehen und den Einwohner eines Staates, der immer noch nationalsozialistisch dachte, fühlte und handelte. Täglich waren in der Heimat Berichte zu sehen, zu lesen gewesen, wie sehr Waldheims Wahl zum Bundespräsidenten in den USA verurteilt worden war und wie sehr man das Land deshalb zu isolieren gedachte. Gleichzeitig regte ihn der Gedanke daran auf, und dann wieder dachte er entsetzt: Wenn ich nun der Meinung bin, dass wir uns von den Amerikanern nicht vorschreiben zu lassen brauchen, wen wir als Bundespräsidenten wählen, dann bin ich ja auch ein Nazi.

Selbst als Jane sich näherte und sanft an Oskars Ohrläppchen zu knabbern begann, hörte er nicht auf, von Waldheim und dessen Vergangenheit herumzustottern, bis Jane entnervt stöhnte: »Who the fuck is Waldheim?« Oskar glaubte nicht, was er da hörte, und fragte nach: »You really don't know?«, woraufhin sie noch einmal stöhnte: »Never heard that name, who is that guy?«

Oskar fiel ein Stein vom Herzen: Sie wusste gar nichts von Waldheim, und das bedeutete, dass die breite Masse hier nichts von der ganzen Sache wusste! Er hörte sofort auf zu reden, schloss die Augen, seufzte vernehmlich und suchte ihren Mund. Der Kuss dauerte mehrere Minuten und begann ihn in einem Ausmaß zu erregen, das beinahe unerträglich war. Dann nahm sie ihn an der Hand und führte ihn in ihr Schlafzimmer, wo sie in dem riesigen Bett miteinander schliefen, ausgelassen herumtollend wie junge Hunde. Dabei musste er ihr erklären, wer Waldheim war, was sie mit einem beschämten »Ah sure, I think I've heard the story sometime« kommentierte, und daraufhin wurde »Who the fuck is Waldheim?« zum Running Gag zwischen den beiden.

Es war die erste Nacht, in der Oskar nicht an Emilia dachte. Die darauffolgenden Wochen schlich Jane jede Nacht, wenn James und David schliefen, in sein Zimmer und beglückte ihn mit einem stöhnenden »Who the fuck is Waldheim?«, was sofort eine Erektion bei ihm bewirkte, ganz so, als hätte Iwan Pawlow persönlich ihn darauf konditioniert.

Später fragte sich Oskar oft, warum er seinen leiblichen Großvater gesucht hatte und schließlich zu ihm gefahren war, und er konnte sich selbst keine andere Antwort geben, als dass es ihn einfach nicht mehr losgelassen hatte. Mehr war es tatsächlich nicht gewesen: Es hatte ihn einfach nicht mehr losgelassen, es war wie ein innerer Zwang. Die Fragen des verzweifelten und betrunkenen Baumann, »Lebt er überhaupt noch? Wie sieht er aus? Hat er eine Familie?

Denkt er manchmal an die, die er verlassen hat?«, hatten sich in seinem Kopf festgekrallt, und er konnte sich nicht mehr davon befreien. Wieder in der Heimat würde er Baumann alles triumphierend mitteilen, dem, der zeitlebens zu feige gewesen war, um danach zu suchen und zu fragen, alle Daten und Fakten eines gelebten Lebens und besonders die Antwort auf die eine große Frage: Warum hat er die schwangere Verlobte damals sitzengelassen? Es ging ihm nur um diesen kleinen Triumph vor Baumann, das Kennenlernen seines leiblichen Großvaters spielte dabei eine kleine Nebenrolle.

Die Suche war sehr einfach, Oskar musste absolut nichts dazu beitragen. Es waren Jane und ihr Vater James, die das Ganze in die Hand nahmen, beide waren sentimental veranlagt und wollten die Suche eines jungen Mannes nach seinen Wurzeln unterstützen. Er ließ sie in dem Glauben, dass es so wäre. James kannte jemanden, der bei der Führerscheinregistrierungsbehörde in Sacramento arbeitete, machte dort ein paar Anrufe und händigte ihm dann einen Zettel aus, auf dem Name und Adresse vermerkt waren. Obwohl es einige Charles Dolphen in den USA gab, war dann nur ein einziger in Frage gekommen, auf den das Alter und die Tatsache, mehrere Jahre als Besatzungssoldat in Österreich gedient zu haben, zutrafen. Das Stück Papier, das ihm James an einem Sonntagabend auf das Bett legte, kam Oskar beinahe wie ein handschriftlicher Befehl vor: War es vorher noch unsicher gewesen, ob er überhaupt fahren würde, konnte er jetzt kaum mehr einen Rückzieher machen, er musste einen alten Mann aufsuchen, der sein Großvater sein sollte und der ihn nicht die Bohne interessierte.

Er rief ihn an. Einfach so vor einer fremden Tür zu stehen, kam ihm dann doch zu abenteuerlich vor. Schon beim zweiten Läuten hob jemand ab, und eine männliche, tiefe Stimme sagte: »Dolphen.« Oskar hätte sich beinahe verschluckt, er rang schnell um Fassung und sagte dann hastig sein Sprüchlein auf Englisch auf, das er stundenlang vorbereitet hatte: »Hallo, mein Name ist Oskar Berger. Ich komme aus Österreich und bin achtzehn Jahre alt. Erinnern Sie sich an Linz und an Maria Baumann? Maria war schwanger von Ihnen, sie bekam einen Sohn und – und ich bin Ihr Enkel. Ich würde Sie gerne kennenlernen. Darf ich Sie besuchen?«

Schweigen am anderen Ende der Leitung.

Schließlich folgten ein Räuspern und in ungeübtem Deutsch drei kurze Sätze: »Natürlich kannst du mich jederzeit besuchen, Oskar. Ich nehme an, du hast meine Adresse schon? Du bist willkommen!« Und damit legte er auf, und Oskar stand noch eine Weile mit dem Hörer in der Hand da. Es hatte keine Fragen gegeben, weder nach der Ankunftszeit noch ob und wo er abgeholt werden wollte, nur dieses eigenartige schnarrende »Du bist willkommen!«, das jetzt in seinem Kopf dröhnte.

Oskar flog von San Francisco nach Portland und fuhr mit dem Bus bis nach Astoria. Insgesamt war er sechs Stunden lang unterwegs, hatte in Flugzeug und Zug fünf Menschen kennengelernt, die ihn angelabert hatten und an ihm interessiert gewesen wären. Doch er konnte und wollte sich nicht einlassen auf irgendwelche Small Talks oder Flirts, und er musste sich schließlich eingestehen, dass er nervös war, sehr nervös sogar. Wäre es nicht doch besser gewesen, noch einmal anzurufen? Vielleicht war die Verbindung unterbrochen worden? Was erwartete ihn?

Um halb zwei Uhr nachmittags stieg er in Astoria aus dem Bus, verschlang an einem Kiosk einen Hamburger und verließ anschließend das Bahnhofsgebäude, um nach einem Taxi zu suchen. Es war kalt, nasse Schneeflocken fielen, und die Straßen waren matschig, Oskar fröstelte.

An die fünfzehn Wagen mit der Aufschrift »Cab« standen an der Straßenseite, jeder mehr oder weniger verdreckt und rostig, und er wollte die Reihe entlang bis zum ersten marschieren, blieb aber dann beim vierten stehen, da der Fahrer, der trotz der immer zahlreicher werdenden Schneeflocken nicht im Wagen saß, sondern lässig an der Fahrertür lehnte und eine Sonnenbrille trug, Bruce Willis zum Verwechseln ähnlich sah. Eine kurze Weile lang glaubte Oskar, es sei tatsächlich Bruce Willis, der an Ort und Stelle einen Film drehte und wohl einen Taxifahrer mimte, und er drehte sich nach den Kameras um, fand aber keine. Er stieg in den Fond des Chevrolets ein, dessen Farbe ein unergründliches Graugrün war, und hielt dem Fahrer den Zettel mit der Adresse vor die Nase. Der Fahrer seufzte und nuschelte: »That is a long way from here. It will take us about an hour.«

Und es dauerte tatsächlich mehr als eine Stunde, bis Oskar an der Owl Road 33, an deren

Existenz er während der Fahrt durch tiefe Wälder langsam zu zweifeln begonnen hatte, benommen aus dem Taxi stieg. Aus dem Schneeregen wurde allmählich richtiger Regen. Die ganze Zeit über trommelte dieser auf das Autodach, und das Geräusch machte ihn so schläfrig, dass er mehrmals wegdöste. Nur das permanente Murmeln des Fahrers rüttelte ihn immer wieder hoch, dieser monologisierte über sein angeblich aufregendes Leben als Taxifahrer und über gefährliche Fahrgäste, wahrscheinlich um selber nicht einzuschlafen. Dabei nahm er einmal seine Sonnenbrille ab, um sein totes linkes Auge zu zeigen, das er bei einer Messerstecherei mit einem solch gefährlichen Fahrgast verloren hatte, danach war Oskar endgültig wach.

Bruce Willis musste eine Weile suchen, bis er die Nummer 33 der Owl Road fand, und als sie endlich das verwilderte Anwesen vor sich hatten, fragte er: »Sind Sie sicher, dass hier noch jemand wohnt?«

Oskar war nicht sicher und bat den Fahrer deshalb, nachdem er ihn bezahlt hatte, eine Weile auf der Zufahrt zu warten, bis er entweder zum Auto zurückkam oder ihm ein entsprechendes Zeichen gab. Im Zeitlupentempo bewegte er sich mit seiner Reisetasche in der Hand auf die verdreckte Fliegengittertür zu, das Herz klopfte ihm bis zum Hals, er musste dringend auf die Toilette. Er entdeckte einen Pick-up neben dem Haus, einige windschiefe Bretterschuppen, aus denen Geräusche drangen, eine eingezäunte Koppel, zwei kaputte, rostige Autos ohne Reifen und eine Menge Müll und Gerümpel.

Noch bevor er auf die Klingel gedrückt hatte, wurden Tür und Fliegengitter aufgerissen, und ein alter Mann mit Glatze und silbrigem Haarkranz, in rotkariertem Flanellhemd und brauner Cordhose, stand vor ihm. Noch bevor der Mann etwas zu ihm sagte, sah er zum Taxi hin und hob seine rechte Hand, woraufhin der Einäugige sein Auto wendete und durch die Pfützen davonrauschte. Der Alte senkte seine erhobene Hand wieder und streckte sie ihm hin, es war eine einzige fließende Bewegung, und sagte: »Du bist sicher mein Enkel Oskar. Ich bin Charlie. Herzlich willkommen!«

Die beiden saßen sich in der Küche gegenüber und verzehrten je einen Hamburger, die der Alte selbst zubereitet hatte. Während sein Großvater gekocht hatte, war Oskar im Haus herumspaziert und hatte es besichtigt, es war einstöckig, neben der Küche gab es noch ein großes Wohnzimmer, ein Schlafzimmer, ein kleines Gästezimmer, ein Badezimmer und einen Flur, und obwohl alles penibelst aufgeräumt war, wirkte es verstaubt und schmutzig.

Beim Essen sagte Charlie plötzlich auf Deutsch, mit einem schrecklichen amerikanischen Akzent: »Du bist also mein Enkel, hm? Lass uns doch darüber reden. Wir können auch auf Deutsch reden, ich würde es gerne wieder üben. Ich konnte es damals recht gut, weil ich es vorher studiert hatte und lange in Österreich war.«

Daraufhin entwickelte sich ein längeres Gespräch zwischen den beiden:

Oskar: Ja, ich bin dein Enkel.

Charlie: Wie geht es Maria, deiner Großmutter? Lebt sie noch?

Oskar: Ja, sie lebt in einem Pflegeheim, weil sie Alzheimer hat. Die Vergangenheit ist ihr näher als die Gegenwart. Sie spricht jeden Tag von ihrem Verlobten Charlie und dass sie ihren Koffer packen muss.

Charlie: Wie war sie vor ihrer Erkrankung?

Oskar: Keine Ahnung. Ich habe sie nicht gekannt.

Charlie: Du hast deine eigene Großmutter nicht gekannt?

Oskar: Ich kenne auch meinen Vater kaum und meine Mutter gar nicht. Ich wurde als Baby adoptiert.

Schweigen.

Charlie: Du kennst also meinen Sohn gar nicht?

Oskar: Ich kenne ihn, aber nicht gut, ich habe ihn nur ein paarmal in den letzten Wochen getroffen.

Charlie: Und er hat dir die Geschichte erzählt?

Oskar: Welche Geschichte?

Charlie: Dass seine Mutter sich nach dem Krieg in einen amerikanischen Besatzungssoldaten verliebt hat, schwanger wurde und er sie sitzengelassen hat.

Oskar: Ja.

Schweigen.

Charlie: Was ist mit deiner Mutter passiert?

Oskar: Sie hat kurz nach meiner Geburt Selbstmord begangen.

Charlie: Waren sie gut zu dir?

Oskar: Wer?

Charlie: Deine Adoptiveltern.

Oskar: Ja.

Schweigen.

Charlie: Wie ist er?

Oskar: Wer?

Charlie: Mein Sohn, ich meine, dein richtiger Vater.

Oskar: Er ist ... er ist groß, eher dick, hat dunkle Haare ...

Charlie: Was macht er beruflich? Hat er eine Familie? Wo lebt er? Was macht er in seiner Freizeit? Hat er etwas gemacht aus seinem Leben?

Schweigen.

Charlie: Na?

Oskar: So genau weiß ich das nicht.

Charlie: Du hast ihn ein paarmal getroffen, hast du gesagt. Da musst du doch über seinen Beruf etwas erfahren haben oder gesehen haben, wie er lebt. Hat er es zu etwas gebracht?

Oskar: Nein. Ist das wichtig?

Charlie: Ja. Man muss etwas aus seinem Leben machen.

Schweigen.

Oskar: Er ist Busfahrer gewesen, jetzt ist er schon länger arbeitslos ... Er wohnt ... in Linz, ist geschieden und hat eine Tochter. Hat aber keinen Kontakt zu ihr, glaube ich.

Charlie: Wann war das mit deiner Mutter? Vor seiner Ehe oder nachher?

Oskar: Vorher.

Charlie: Wie heißt er?

Oskar: Martin Baumann.

Schweigen.

Charlie: Und seine Mutter? Maria? War sie verheiratet?

Oskar: Nein. – Du?

Charlie: Es geht hier nicht um mich.

Oskar: Nein?

Charlie: Nein. Was hat sie gemacht?

Oskar: Sie ist Sekretärin in einer großen Firma gewesen, bis zu ihrer Pensionierung.

Schweigen.

Oskar: Martin hat mir erzählt, dass sie – ich meine Maria – ihn nie vergessen hat und ihm viele Briefe geschrieben hat, ich meine, ihrem amerikanischen Freund, … ich meine, dir …

Charlie: Ich weiß, wen du meinst.

Oskar: Warum bist du abgehauen ohne sie? Ihr wart doch verlobt, und du wolltest sie mitnehmen! So war es geplant … oder nicht?

Charlie: Was weißt du eigentlich über den Krieg?

Schweigen.

Oskar: Du weichst mir aus.

Charlie: Was weißt du über den Krieg?

Oskar: Ihr Leben ist ruiniert gewesen. Ein lediges Kind damals, das war nicht leicht. Sie hat dich nie vergessen.

Charlie: Willst du mich zur Rede stellen? Ein kleiner Moralapostel, eh?

Schweigen.

Oskar: Mein Vater glaubt, wenn du Maria nicht verlassen hättest, wäre sie glücklich gewesen, und auch er. Er hätte eine glückliche Kindheit gehabt, und sein Leben wäre nicht so – so schwierig verlaufen. Er hätte es zu etwas gebracht, eine intakte Familie gehabt. Mich hätte er dann nie zur Adoption freigegeben, er hätte sich um mich gekümmert.

Charlie: Meine Güte, sind wir immer nur das Produkt gewisser Lebensumstände, oder haben wir auch einen freien Willen? Was meinst du?

Oskar: Ich weiß es nicht.

Charlie: Finde es heraus.

Oskar: Das werde ich.

Charlie: Mach etwas aus deinem Leben!

Oskar: Habe ich vor.

Charlie: Was weißt du über den Krieg? Red

schon, was denkt die österreichische Jugend darüber? Es interessiert mich wirklich.

Oskar: Dass er scheiße war.

Charlie: Das ist gut! Scheiße, ja scheiße war er wirklich!

Er lachte lange und laut. Oskar lachte zaghaft mit, und es beschlich ihn das eigenartige, mulmige Gefühl, dass er so schnell wie möglich aus diesem Haus verschwinden sollte. Später hörte es auf zu regnen, die Sonne kam heraus, und Charlie zeigte Oskar das Gelände um das Haus. Sie spazierten im moosbewachsenen Wald herum, sahen die Sonnenstrahlen durch die Bäume fallen, und Oskar fiel plötzlich der Spaziergang in seinem Heimatort mit seinem leiblichen Vater vor fünf Monaten ein. Beide Spaziergänge hatten eines gemeinsam: Er hatte sich gefragt und fragte sich jetzt wieder, warum er sich so wenig (seelen-)verwandt mit seinen Vorfahren fühlte.

Als sie auf der Veranda saßen, wurde Charlie etwas freundlicher und wollte alles von Oskar wissen, welche Schule er besuchte, welche Hobbys und Träume er hatte, welchen Beruf er ergreifen wollte, wie viele Mädchen er schon gehabt hatte. Oskar erzählte bereitwillig alles, von seinem Traum, ein Computerfachmann zu werden, später seine eigene Firma zu haben, auch von Emilia, und taute etwas auf.

»Was ist charakteristisch für dich?«, fragte Charlie zum Schluss.

»Ich weiß nicht recht, vermutlich die Tatsache, dass mir immer die blödesten Sachen passieren, irgendwie scheine ich Pech anzuziehen.«

Als es dämmerte, saßen sie in der Küche und aßen Sandwiches. Charlie sagte: »Ich würde mich freuen, wenn du Heiligabend mit mir feierst.« Oskar antwortete: »Ich muss morgen zurückfliegen, meine Gasteltern erwarten mich, sie wollen mit mir zusammen Weihnachten feiern.«

»Du wirst morgen nicht zurückfliegen«, sagte Charlie ruhig. Oskars Herz machte einen Sprung, und eiskalte Angst kroch in ihm hoch. Er sehnte sich nach Janes warmer Haut und ihrem Kichern, wenn sie ihm »Who the fuck is Waldheim?« ins Ohr flüsterte.

»Woran denkst du gerade?«, fragte Charlie. »Sei ehrlich.« Oskar erzählte ihm wahrheitsgetreu, etwas anderes hätte er sich nicht getraut, von seiner attraktiven Gastmutter und ihrem Unwissen über Waldheim.

Charlie begann zu lachen: »Who the fuck is

Waldheim?«, kreischte er mehrmals, er lachte immer hysterischer, bis ihm die Tränen hinunterliefen, und konnte sich gar nicht mehr beruhigen. Plötzlich stand er auf, verließ die Küche, um mit einem Gewehr in der rechten Hand wiederzukommen. Er zielte auf Oskar, der panisch und mit angstverzerrtem Gesicht vom Stuhl aufsprang, und sagte: »Du kommst mit.«

Charlie sperrte Oskar für drei Nächte und zwei Tage in seinem Keller ein. Der dunkle Kellerraum war ordentlich aufgeräumt, an den Wänden standen Regale, vollgeräumt mit Werkzeug und Konservendosen, auf dem Boden lag eine Matratze samt Polster und Decke, alles frisch bezogen, daneben stand ein kleiner Campingtisch samt Stuhl, auf dem Tisch lagen eine Taschenlampe und ein Buch von Joseph Murphy: »Die Macht des positiven Denkens«. Auf das Buch hatte sein Großvater, als er ihn in den Keller stieß, mit den Worten, er solle das aufmerksam lesen, gezeigt.

Noch nie in seinem Leben hatte Oskar eine solche Angst ausgestanden, er lag panisch zitternd und schluchzend auf der Matratze und war sich sicher, sein verrückter Großvater würde ihn umbringen. Er war schon so weit, dass er sich einen schnellen Tod durch das Gewehr wünschte und hoffte, nicht zu Tode gequält oder dem Hungertod preisgegeben zu werden. Diese Befürchtung wurde schnell zerstreut, Charlie öffnete am frühen Morgen die Kellertür und stellte ihm auf einem Tablett ein recht üppiges Frühstück auf die Treppe, und auch zu Mittag und am Abend bekam er jedes Mal reichlich Essen serviert.

Am Morgen des dritten Tages öffnete sich die Kellertür weiter als sonst, Charlie schob kein Tablett auf die Treppe, sondern stand mit seinem Gewehr über der Schulter im Türrahmen und befahl Oskar, mit ihm zu kommen. Dieser wankte benommen die Stiege hoch und folgte Charlie in die Küche, wo der Tisch mit zwei Tellern Ham and Eggs, Toastscheiben, Orangensaft und Kaffee gedeckt war. In der Ecke stand ein kleiner geschmückter Christbaum, dessen elektrische Lichterketten gespenstisch an- und ausgingen.

»Merry Christmas, Oskar!«, sagte Charlie. »Setz dich und iss!« Oskar setzte sich hin und aß ohne jeden Appetit, er würgte das Essen hinunter, seine Kehle war vor lauter Angst zugeschnürt. »Lass mich gehen, ich sage niemandem, was du getan hast«, bettelte Oskar, und Charlie antwortete: »Du wirst jedem sagen, was ich getan habe.«

Nach dem Frühstück räumte Charlie das Geschirr in den Geschirrspüler, wischte den Tisch ab und holte aus einer Schublade einen kleinen Kassettenrekorder, den er auf den Tisch stellte, danach setzte er sich wieder hin, legte das Gewehr auf seine Knie und begann zu reden.

»Ich möchte dir etwas erzählen, und ich möchte, dass du genau zuhörst. Hast du mich verstanden, Oskar, es ist mir wichtig, dass du dir alles merkst. Außerdem werde ich einen Teil davon aufzeichnen. In Ordnung? Sag mir, dass du mich verstanden hast.«

»Ich habe dich verstanden.«

»Gut. Es wird nicht lange dauern. Ich wollte dir auch sagen, dass ich sehr froh bin, dass du mich gesucht und gefunden hast.« Charlie schaltete das Gerät ein und sprach weiter, es klang so, als hätte er es jahrelang auswendig gelernt.

»Ich bin nicht dein Großvater, Oskar, ich wäre es wirklich gerne, du gefällst mir nämlich gut. Ich bin derjenige, der deinen Großvater umgebracht hat.« Oskar schaute abwechselnd zum Christbaum und zur Glastür, die auf die Veranda führte. Sollte er nicht einfach auf sie zustürzen, sie aufreißen, ins Freie laufen und rennen, so schnell ihn seine Beine tragen konnten?

»Du sollst mich ansehen, wenn ich mit dir rede«, sagte Charlie, und Oskar gehorchte.

»Ich bin kein Amerikaner. Mein richtiger Name ist Johann Meisinger, ich bin Österreicher und stamme aus demselben Dorf wie deine Großmutter Maria Baumann. Wir waren Nachbarn, die Häuser unserer Eltern lagen weit außerhalb des Dorfes, ziemlich abgelegen in einer Senke. Als Kinder spielten wir jeden Tag miteinander, als Jugendliche waren wir ineinander verliebt, ich glaube, einzig und allein aus dem Grund, weil weit und breit kein anderer zur Verfügung stand. Wir waren kurz ein Paar, bevor der Krieg begann. Ich meldete mich sofort als Freiwilliger, um der Sache zu dienen, ja, ich war ein glühender Hitler-Anhänger. Maria war gegen Hitler und trennte sich von mir, sehr traurig war ich nicht, weil ich an der Front abgelenkt war, doch vergessen konnte ich sie trotzdem nicht. Ich trat schon bald der SS bei und war in Polen, dann in Frankreich, in den letzten zwei Kriegsjahren war ich als Oberaufseher im KZ Mauthausen angestellt.

Ich habe hundertvierzehn Menschen getötet, Oskar, ich habe Häftlinge gefoltert, erschlagen, erhängt, erschossen, kranke Häftlinge habe ich erfrieren oder verhungern lassen oder in die Gaskammer geführt, wo ich eigenhändig das Giftgas aufdrehte. Von jedem schrieb ich mir den Namen, die Häftlingsnummer, das Geburtsdatum und den Wohnort in ein kleines Notizheft. Ich war keiner, der Befehle erteilte, ich war einer, der Befehle ausführte, und das soll jetzt keine Entschuldigung sein. Ich hörte so viele in den Kriegsprozessen jammern: Ich habe nur Befehle ausgeführt, und hätte ich es nicht getan, wäre mir und meiner Familie ja dasselbe passiert, ich musste gehorchen, ich hatte Angst um mein Leben. Ich hatte vor nichts und niemandem Angst, ich mordete aus Lust am Morden, ich empfand Befriedigung dabei. Du wirst blass, Oskar. Wie soll ich dir erklären, was in mir vorging damals? Ich war ein großer Hitler-Verehrer und wollte meinem Führer bei der Säuberung des Volkes helfen, ich wollte wie er, dass ein starkes und reinrassiges deutsches Volk wächst, frei von Gesindel jeder Art. Ich murmelte oft bei Erschießungen vor mich hin: Wieder ein Stück Gesindel weniger und wieder ein

Stück Gesindel weniger. Wenn du darauf wartest, dass ich herumstammle, alles tue mir so leid, ich hätte nicht gewusst, was ich tat, dann wartest du vergeblich. Ich wusste sehr wohl, was ich tat, wir alle wussten es! Diese Heuchler, die nachher beschönigten und um den Brei herumredeten, sie hätten von nichts gewusst, als wäre das die Entschuldigung schlechthin, sie waren mir so widerwärtig! Wir waren Bestien, es gibt kein Schönfärben, keine Entschuldigung dafür.

Dann verloren wir den Krieg. Ich flüchtete in mein Heimatdorf, und meine Mutter versteckte mich zwei Jahre lang im Keller. Zum ersten Mal in meinem Leben hatte ich Angst, ich wollte nicht vor das Kriegsgericht gestellt werden und die Todesstrafe bekommen. Ich wurde gesucht, mein Spitzname stand in jeder Zeitung: Meise, der Mörder von Mauthausen. Hat Meise eine Meise? Meine Mutter tat so, als wüsste sie nicht, was ich getan hatte, und ich verachtete sie dafür. Alle taten sie so, als hätten sie nicht mitbekommen, dass es KZs gegeben hatte und was dort geschehen war! Zwei Jahre lang in diesem Kellerloch ohne Fenster, ich hatte viel Zeit zum Nachdenken, viel zu viel, und ich drehte fast durch. Meine Mutter erzählte mir jeden Klatsch vom Dorf, unter anderem, dass Maria mit einem amerikanischen Besatzungssoldaten zusammen war, und ich drängte sie, Näheres in Erfahrung zu bringen. Der Mann hieß Charles Dolphen, war groß und dunkelhaarig, schüchtern, ruhig, ein Medizinstudent, der – es kam mir vor wie eine Fügung des Schicksals – eine Vollwaise war und sonst auch keine Verwandten mehr hatte. Ab und zu schlich ich mich in der Nacht aus meinem Kellerloch und beobachtete Maria durch das Fenster, sie kam mir wunderschön und begehrenswert vor. Dann erzählte meine Mutter, dass Maria schwanger war von ihrem Amerikaner, dass sie sich verlobten und dass die beiden bald in die USA gehen wollten, der junge Mann hatte bereits um Entlassung aus der Armee angesucht, um sein Studium fortsetzen zu können. Meine Mutter hielt mich mit Details auf dem Laufenden, und mein heimlicher Plan reifte in meinem Kopf. An der Stelle, an der die Mostfässer standen, begann ich eine Grube im Erdboden des Kellerraums auszuheben. Dann war es auf einmal so weit: Am nächsten Abend wollte der junge Charles Dolphen Maria abholen und mit ihr mit dem Zug nach Hamburg fahren, wo sie das Schiff nach New York besteigen sollten. Zu meinem Glück hatte Maria sich geweigert zu fliegen.

Hinter dem Haus versteckt, wartete ich auf den Amerikaner, und als er mit seiner Reisetasche ankam, stürzte ich von hinten auf ihn und drückte ihm meinen Revolver an die Schläfe. Ich zwang ihn, mit mir in mein Kellerloch zu kommen, quetschte ihn über sein Leben aus und befahl ihm, sich nackt auszuziehen. Dein Großvater war cool, Oskar, du kannst stolz auf ihn sein, er bettelte kein einziges Mal um sein Leben und verstand sofort, worum es ging, er sagte zu mir: ›You are a nazi and you need a new identity, right?‹

Mit einem Kopfschuss tötete ich ihn und vergrub seine Leiche in dem Loch, das ich dafür gegraben hatte, die Mostfässer stellte ich wieder darüber. Ich wusch mich, schlüpfte in die Kleidung des Amerikaners, schnappte seine Reisetasche und machte mich auf den Weg zum Bahnhof. Meiner Mutter hinterließ ich einen Brief, in dem ich log, dass ich die Flucht nach Südamerika wagen würde.

Ich war von Anfang an erstaunt, wie leicht alles vor sich ging, ich hatte auf der Reise keine

Probleme und auch in meinem neuen Leben in den USA nicht, Charles war offensichtlich ein wortkarger Einzelgänger gewesen, niemand fragte nach ihm oder suchte den Kontakt zu ihm. Wenn ein Kamerad aus der Armee eine Karte schrieb, und das war selten, beantwortete ich sie nicht, und das schien niemanden zu wundern. Der Mann war ein Glücksfall für mich gewesen.

Ja, wie verbrachte ich die letzten vierzig Jahre? Mit Arbeit, Oskar, einzig und allein mit Arbeit, und in meiner Freizeit ging ich fischen, mehr nicht. Alles machte ich, nur keine intellektuelle Arbeit, davor scheute ich zurück, ich befürchtete, dass sie meine wahre Herkunft ans Tageslicht bringen würde. Ich war Hafenarbeiter, Bauarbeiter, Tischler, Farmer, Lkw-Fahrer, Kranführer. Ständig zog ich um in eine andere Stadt oder in einen anderen Ort, nie blieb ich länger als fünf Jahre, nur einmal blieb ich auf einer großen Genossenschaftsfarm acht Jahre lang. Dort war ich auch mit einer Frau zusammen. Sie wollte unbedingt heiraten und Kinder bekommen, doch das wollte ich nicht, ich hatte keine Familie verdient, und deshalb zog ich weiter. Ja, das ist alles, seit einem Jahr bin ich in Pension und lebe hier.«

Der alte Mann beugte sich zum Rekorder vor und sagte: »Und für die Öffentlichkeit möchte ich hinzufügen, dass es Oskar Berger, der Enkel von Charles Dolphen, war, der mich davon überzeugte, mit der Wahrheit an die Öffentlichkeit zu gehen und dieses Testament zu verfassen.« Er machte eine kurze Pause und schaltete den Kassettenrekorder aus, er wirkte erschöpft. Aus seiner Hemdtasche zog er ein schlichtes Kuvert, das er Oskar überreichte.

»Was ich dir jetzt sage, bleibt unter uns, das braucht niemand zu wissen. Hör gut zu, es ist mein Vermächtnis an dich. Als die Amerikaner im Anzug waren und alle das KZ fluchtartig verließen, fand ich im Büro der Lagerleitung etwas sehr Wertvolles. Tage zuvor hatte ich einen heimlichen nächtlichen Besuch beobachtet, der dem Chef eine Metallkiste überreicht hatte. Ich belauschte die beiden, es war geplant, dass jeder Ranghöhere in der Partei und in der SS, der vorhatte, sich nach Südamerika abzusetzen, gewisse Wertgegenstände überreicht bekam, um sie bei der Flucht mitzunehmen. Durch diese Streuung und Verteilung sollten von der NSDAP so viele Schäfchen wie möglich ins Trockene gebracht und das Risiko dabei vermindert werden. Mein

Chef wollte sich offensichtlich nach Argentinien absetzen, was ihm jedoch nicht mehr gelang, er wurde zwei Tage später in seiner Wohnung tot aufgefunden. Nein, Oskar, ich habe damit nichts zu tun. Ich hatte gesehen, wo sie die Metallkiste versteckt hatten – unter einer lockeren Bodendiele, auf der der wuchtige Schreibtisch stand –, und fand sie ohne Schwierigkeiten wieder. In ihr befanden sich zehn Ein-Kilo-Goldbarren, und ein Dokument besagte, dass 1932 eine gewaltige Summe von Spendengeldern des Industriellen Fritz Thyssen in Hartgeld angelegt wurde, als eiserne Notreserve für später sozusagen. Das musst du mir glauben, Oskar, ich lüge dich nicht an. Die Barren stammen nicht aus Besitztümern der Häftlinge, sie wurden rechtmäßig von der Reichsbank erworben. Ich nahm die Barren an mich, steckte sie in meinen Rucksack und verließ mit ihnen das Lager. Kurz bevor ich bei meinem Elternhaus ankam, vergrub ich die Barren im Wald. Und jetzt beschreibe ich dir genau die Stelle, wo sie vergraben sind, merke sie dir und erzähle niemandem davon, sie sollen nur dir gehören. Und noch etwas: Das Notizheft mit den Daten der ermordeten Häftlinge versteckte ich im Kartoffelkeller hinten rechts in der Steinmauer, drei Steine waren locker, ich nahm sie heraus, steckte das Heft hinein und stopfte die Steine wieder darüber.«

Charlie beschrieb genau die Stelle, sagte: »Mach etwas aus deinem Leben, Oskar!«, hob ruckartig das Gewehr an seine Schläfe und drückte ab. Oskar schrie und schrie, während er – voller Blut in seinem Gesicht, an seiner Kleidung – aufsprang und durch die Verandatür ins Freie jagte. Es war sein neunzehnter Geburtstag.

Nachdem Oskar vom FBI zu seiner Gastfamilie zurückgebracht worden war, schlief Jane nur noch ein einziges Mal mit ihm. Der Satz »Who the fuck is Waldheim?« schwebte unausgesprochen zwischen ihnen, und als sie beide nebeneinander im Bett lagen, fing Oskar hysterisch zu lachen und dann zu weinen an. Er konnte sich gar nicht mehr beruhigen, Jane nahm ihn in die Arme und wiegte ihn wie ein kleines Kind.

Er wurde als großer Held gefeiert, nicht nur in den USA und in Österreich, nein, in der ganzen Welt, sein Name und seine Geschichte geisterten wochenlang durch die Medien. Er war derjenige, der nach zweiundvierzig Jahren den grausamen Oberaufseher des KZ Mauthausen, Johann Meisinger, genannt Meise, der Mörder von Mauthausen, überführt und ihn obendrein davon überzeugt hatte, sein gespartes Vermögen von vierzig Arbeitsjahren (1.142.312 Dollar) den Hinterbliebenen von hundertvierzehn ermordeten Häftlingen zu vermachen. Eine eingesetzte Kommission sollte sie mit Hilfe des Notizheftes, das im Kartoffelkeller von Meisingers Elternhaus gefunden worden war, ausfindig machen und ihnen das Geld unbürokratisch zukommen lassen.

Die Leiche von Charles Dolphen wurde im selben Keller unter den alten Mostfässern ausgegraben und in die USA, in seine Heimatstadt Waukesha im Bundesstaat Wisconsin, überführt, wo dann ein pompöses Ehrenbegräbnis stattfand. Seine Braut Maria, sein Sohn Martin und sein Enkel Oskar gingen in der ersten Reihe hinter dem mit der amerikanischen Fahne bedeckten Sarg. Dahinter marschierten Charles Dolphens ehemalige Kollegen der U.S. Army, außerdem zahlreiche amerikanische Politiker und eine Truppe junger US-Soldaten, ganz hinten – in der Menschenmenge – befanden sich Oskars Familie und seine Gastfamilie. Oskar betrachtete verblüfft die vielen Leute um sich herum, die alle zu diesem Begräbnis gekommen waren, um einen Menschen zu ehren, der sie zweiundvierzig Jahre lang nicht interessiert hatte. Zum Schluss stellten Baumann und er fest, dass die fünfundachtzigjährige Maria verschwunden war, und sie suchten mit einem riesigen Polizeiaufgebot acht Stunden lang nach ihr, schließlich fanden sie sie, auf einer Parkbank schlafend, sieben Kilometer vom Friedhof entfernt. Am nächsten Tag war in der Zeitung zu lesen: Braut des vor vierzig Jahren ermordeten US-Soldaten Charles Dolphen harrte ganze Nacht am Grab des Geliebten aus.

Am 27. Mai 1988 stand Oskar vor einer Eiche in einem kleinen Laubwald nahe Johann Meisingers Elternhaus. Er hatte eine Schaufel in der Hand und schaute sich um.

Bis der Tod uns scheidet

Jetzt kenne ich den Ablauf der Messe genau, sehr genau sogar. Ich habe ihn sorgfältig studiert, ich weiß auch nicht warum, ich brauche ihn ja nicht mehr, ich war plötzlich besessen davon und kaufte mir ein dünnes Buch mit dem Titel »Die heilige Messfeier. Eine Hilfe zum besseren Verständnis«. Das las ich dann immer, wenn ich Zeit hatte: beim Frühstück, in der Mittagspause, am Abend, an den Wochenenden. Immer wieder. Ich las sogar den Katechismus der katholischen Kirche. Ich wollte es einfach verstehen, es wurde eine Obsession von mir, es zu verstehen.

Jetzt kenne ich die Riten der heiligen Messfeier auswendig und flüstere sie ständig vor mich hin, wenn ich unterwegs bin, um Maria in ihrem Heimatort zu beobachten. Ich sitze im Auto und fahre ihr überallhin nach, in den Kindergarten, in das Tourismusbüro, in den Kindergarten, zu ihrem Elternhaus, zu ihrem Noch-Rohbau-Haus, zu ihrer Freundin, zu ihrem Elternhaus, in die Bibelrunde und wieder zu ihrem Elternhaus. Am Wochenende liege ich nachmittags im Gestrüpp am Waldesrand oberhalb ihres Elternhauses und beobachte, wie sie mit Nicolas spielt und mit ihrem Verlobten und ihrer Familie Kaffee auf der Terrasse trinkt. Es ist jedes Mal ein schönes, friedliches Bild, eine heile Familie, die Freude über die verlorene und wieder heimgekehrte Tochter muss groß sein. Dabei flüstere ich ständig vor mich hin: Eröffnung mit Einzug, Verehrung des Altars mit Kuss, Kreuzzeichen, Begrüßung der Gemeinde, Bußakt, Kyrie, Gloria und Tagesgebet …

ERÖFFNUNG
Einzug
Zu Beginn der heiligen Messe tritt der Priester mit Albe, Messgewand und Stola in den Altar- oder Chorraum. Der Priester trägt Gewänder in verschiedenen Farben, das sind die sogenannten liturgischen Farben. Weiß gilt als Festfarbe, sie wird beispielsweise zu Weihnachten, Ostern, bei Christus- und Marienfesten und an speziellen Heiligenfesten getragen. Die Farbe Rot ist die Farbe des Heiligen Geistes. Sie ist aber auch die Farbe der Märtyrer, also jener, die aus Liebe für ihren Glauben starben …

Als ich Maria kennenlernte, das war vor mehr als vier Jahren, trug sie eine rote Lederjacke, ein schwarzes, bauchfreies T-Shirt und eine Jeans. Sie kam zu mir an den Schreibtisch – ich bin Mercedesverkäufer –, ihr blonder Pferdeschwanz wippte hin und her. »Ich möchte den hier Probe fahren«, sagte sie grinsend und deutete auf einen schwarzen Mercedes SL 500 in unserer Ausstellungshalle. Ich fragte, ob sie auch vorhabe, ihn zu kaufen, worauf sie den Kopf schüttelte. Ich ließ sie Probe fahren und kam ganz schön ins Schwitzen. Sie tauchte erst nach zwei Stunden wieder auf, brachte einen Strafzettel mit, den sie mir auf den Schreibtisch legte. Sie sei in eine Radarfalle gefahren und hundert Meter später von der Polizei gestoppt worden, und weil sie kein Geld dabeihatte, bekam sie einen Zahlschein mit. Ich war ihr sofort verfallen.

Verehrung des Altars mit Kuss
Wenn der Priester den Altarraum betritt, macht er vor dem Tabernakel eine Kniebeuge als Zeichen der Verehrung und der Anbetung. Dann geht der Priester zum Altar. Über diesem verneigt er sich und küsst ihn.

Zwei Tage später gingen wir gemeinsam ins Kino und anschließend essen, zwei Wochen später übernachtete sie das erste Mal bei mir. Wir liebten uns die ganze Nacht und schliefen erst beim Morgengrauen ein. Dabei galt mein Gedanke dem Morgen: Wie würde Maria beim Aufwachen sein? Mit unreiner Haut, da ungeschminkt? Grantig? Würde sie Mundgeruch haben? Aber nichts davon wurde wahr. Maria sah am Morgen genauso wundervoll aus wie am Abend zuvor, ihre Haut war weich und zart, ihr Mund roch nach Milchreis, ihr Körper war einfach vollkommen. Sie stand auf und ging nackt in meinen begehbaren Schrank, wo sie meine dreißig Anzüge bewunderte. Sie band sich eine Krawatte um und kochte Kaffee. Als wir um halb neun aus der Wohnung gingen, sie in das Reisebüro und ich ins Autohaus, waren wir ein Paar.

Kreuzzeichen
Nun spricht der Pfarrer »Im Namen des Vaters und des Sohnes und des Heiligen Geistes«, und die Gläubigen antworten mit »Amen«, das heißt »so sei es«. In der Eucharistiefeier kommen die Menschen nicht in ihrem eigenen Namen zusammen, sondern im Namen des dreieinen Gottes.

Nach ein paar Tagen wusste ich, dass sie nicht gut kochen, dafür aber sehr gut Auto fahren konnte. Damit war mein Schicksal besiegelt: Ich betete sie an. Umgekehrt hätte ich es nicht so gerne gehabt. Eine Frau, die stundenlang in der Küche steht, um Speisen zu zaubern, die man sowieso innerhalb einiger Minuten aufessen wird – welch vergeudete Zeit! Ich wollte eine moderne Frau und keine, die mich an meine Großmutter erinnerte, die semmelknödelwälzend, blunzenwickelnd, beuschelschneidend in der Küche gestanden hatte, um ihre Großfamilie zu ernähren, und ich wollte ebenso wenig an die Küche im elterlichen Restaurant erinnert werden, in der ich und meine Schwestern ständig aushelfen mussten. Diesen ranzigen Geruch, den mein Körper trotz ausgiebiger Dusche noch im Bett an sich kleben hatte, hasste ich, und auch die Gäste, die bedient werden wollten. Ich wollte selbst bedient werden.

Nicht dass Maria nicht kochte, sie bemühte sich sogar sehr, meist sogar zweimal am Tag. Sie war der Meinung, eine Frau müsse kochen, und das halbwegs gesund. Es amüsierte mich, wie sie am Herd stand und die Zutaten wahllos in die Pfanne oder in den Kochtopf warf und dabei zu lauter Musik tanzte, um abschließend das Ergebnis auf die Teller zu klatschen. Meine älteste Schwester betitelte Marias Kochart und -weise als lieblos, ich aber nannte das Ganze schwunghaft. Und mit dem gleichen rasanten Schwung fuhr sie Auto.

Maria konnte mit hundertachtzig Stundenkilometern auf der Autobahn fahren und außerdem mit der rechten Hand auf die Rückbank greifen, um unserem Sohn den Schnuller wieder in den Mund zu stecken. Es war das reinste Vergnügen, ihr zuzusehen, ich saß auf dem Beifahrersitz und genoss jede Minute. Wie sie überholte, eine Linkskurve rechts ausfuhr, sicher und schnell einparkte! Sie machte jedem Auto Ehre.

Begrüßung der Gemeinde
Erst jetzt begrüßt der Priester im Namen Christi die versammelte Gemeinde: »Der Herr sei mit euch.« Die Gemeinde antwortet mit: »Und mit deinem Geiste.« Diese Begrüßung ist ein Segenswunsch von Gott her: Er ruft sein Volk zur Eucharistie zusammen.

Als nach ein paar Wochen die Ratio bei mir wieder einkehrte und ich schön langsam einige von

Marias Schwächen erkannte, war es schon zu spät: Ich wollte auf Marias schwungvolle Koch- und Autofahrkünste nicht mehr verzichten, lieber nahm ich ihre Schwächen in Kauf. Marias größtes Manko bestand darin, dass sie aus einer sehr religiösen und konservativen Familie kam und ebendiese religiösen Wurzeln nicht abstreifen konnte. Sie wollte zwar auch in dieser Hinsicht modern sein, nannte ihren Glauben zum Beispiel »Spiritualität«, was die Sache für mich aber noch schlimmer machte, und ging im Minirock in die Messe. Anfangs ging ich einige Male mit. Ich saß die ganze Stunde neben ihr, beobachtete die Menschen um mich herum und atmete Marias Duft ein. Später begleitete ich sie nicht mehr, es langweilte mich, ich verstand nichts von dem, was da vorne vor sich ging, ich wusste nicht, welche Sprüche man zu welchem Zeitpunkt aufsagen musste, wann man stand, saß oder kniete und warum. Ich war als Kind kaum in die Kirche gegangen, meine Eltern waren erklärte Kirchengegner.

Außerdem ging sie oft mit Socken ins Bett.

Bußakt

»Ich bekenne Gott, dem Allmächtigen, und allen Brüdern und Schwestern, dass ich Gutes unterlassen und Böses getan habe – ich habe gesündigt in Gedanken, Worten und Werken – durch meine Schuld, durch meine Schuld, durch meine große Schuld.« Bevor wir die heilige Eucharistie feiern, ist es notwendig, dass wir Gott um Verzeihung bitten, weil wir Böses getan oder Gutes unterlassen haben.

Schon nach einem halben Jahr wurde Maria schwanger. Natürlich wäre es mir lieber gewesen, wir hätten noch länger Zeit nur für uns beide gehabt, aber ich war auch nicht sonderlich traurig oder wütend oder enttäuscht darüber, bald Vater zu werden. Einer meiner ersten Gedanken war: Das Risiko, dass sie dich verlässt, ist mit einem Kind geringer als ohne. Von ihr verlassen zu werden wäre das Schlimmste für mich gewesen.

Einige Freunde gaben mir zu verstehen, sie habe mir ein Kind angehängt, aber darüber konnte ich nur lachen. Jeder Mann, der sich ein Kind anhängen lässt, ist ein Vollidiot! Man(n) merkt in jeder Beziehung schon nach ein paar Wochen, ob eine Frau nur einen Mann will oder sich sehnlichst ein Kind wünscht beziehungsweise eine komplette Familie, mit Haus, Miele-Waschmaschine, Mikrowelle, Garten, zwei oder drei süßen Nachkommen, Familienwagen und Ernährer, der das Geld nach Hause bringt. Falls diese weiblichen Sehnsüchte vom Mann nicht erkannt oder richtig gedeutet werden, dann ist er entweder minderbemittelt, oder er versteht nichts von Frauen – in beiden Fällen ein Vollidiot. Davon gibt es leider noch viele unter uns, sie sind eine Beleidigung für unser starkes Geschlecht. Mein Mitleid haben sie nicht, wenn sie anschließend bei den Sonntagsfamilienspaziergängen jammern: »Wo ist meine Freiheit hin?« Seit Jahrhunderten glauben die Männer, die Verhütung sei Frauensache und somit in sicheren Händen. Das zeugt nicht von hoher Intelligenz. Falls ein Kinderwunsch bei der Freundin besteht, man(n) ihn aber selber noch nicht verspürt, heißt es eben Vorsorge treffen, indem die Verhütung in die eigenen verlässlichen, männlichen Hände genommen wird.

Kyrie, Gloria und Tagesgebet
»Herr, erbarme dich. Christus, erbarme dich. Herr, erbarme dich.« Hier soll besonders der

Lobpreis Christi zum Ausdruck kommen, weil er sich unser erbarmt hat. »Ehre sei Gott in der Höhe!« In diesem Gebet danken wir Gott nicht für das, was er uns gegeben hat, sondern dass er ist. Das Tagesgebet gehört zum Höhepunkt der Eröffnungsriten. Der Priester fasst damit die Gebete aller zusammen und bringt es durch den Sohn im Heiligen Geist vor Gott.

Ich spürte bei Maria schon nach drei Wochen den Kinderwunsch. Es war die Art, wie sie in einem Kaffeehaus ein Baby ansah, das am Nebentisch von der Mutter auf dem Schoß gehalten wurde und uns mit einem zahnlosen Grinsen bedachte. Marias vor Liebe und Sehnsucht überschäumenden Blick konnte ich lange nicht vergessen, hätte sie mir diesen Blick geschenkt, ich wäre auf der Stelle tot umgefallen. Würden Frauen ihre Männer manchmal so ansehen, gäbe es keinen Geschlechterkampf mehr. Aber ich wusste, Frauen können nur kleine Kinder derart ansehen, niemals einen Mann. Zweitens wusste ich, dass in Maria der Kinderwunsch bereits vorhanden war, und zwar auffällig. Trotz dieses Wissens beließ ich die Verhütung in ihren weiblichen, unzuverlässigen Händen. Als sie dann schwanger war, lachten wir beide – wohlwissend – über unseren »Unfall«.

Maria zog bei mir ein, das heißt, wir holten endlich all ihre Sachen aus ihrem Zimmer in der Wohngemeinschaft, denn geschlafen hatte sie nur noch bei mir. Sie begann die Wohnung nach ihrem Geschmack umzugestalten, und ich ließ ihr freie Hand, auch was mein Konto betraf.

Bei der Geburt war ich dabei, wir wollten das beide so. Es verlief alles ohne Schwierigkeiten, und Maria war sehr tapfer. Es war der glücklichste Moment in meinem bisherigen Leben, als ich unser Baby in den Armen hielt. So etwas ist schnell behauptet, aber es war wirklich der glücklichste Moment in meinem bisherigen Leben, es war umwerfend, berauschend, faszinierend, wunderschön, dieses winzige Lebewesen voller Käseschmiere im Arm zu halten, seine Grimassen zu sehen und zu wissen: Das ist mein Sohn, mein Sohn, mein Sohn!

WORTGOTTESDIENST

Lesung, Zwischengesang, Lesung, Halleluja

»Im Anfang war das Wort und das Wort war bei Gott und das Wort war Gott. Alles ist durch das

Wort geworden und ohne das Wort wurde nichts, was geworden ist.«
Unser Gespräch mit Gott ist in erster Linie ein Antworten auf sein Wort hin. Aus diesem Grund ist es notwendig, dass wir ihn zu Wort kommen lassen und ihn nicht mit unseren eigenen Ideen und Gedanken übertönen, so dass er uns gar nicht mehr sagen kann, was er will.

Bei der Taufe trafen sich unsere Familien das erste Mal, es war ein Fiasko, ein köstliches Fiasko, ich amüsierte mich zunächst prächtig. Die zwei Familien taxierten sich gegenseitig während der Messe und vor allem während des Essens im Gasthof, das Ergebnis fiel wahrscheinlich auf beiden Seiten kläglich aus, ich hörte sie schon alle auf der Rückfahrt in den Autos lästern. Allein die unterschiedliche Kleidung der so verschiedenen Familien! Die eine Seite der Tafel war trachtig besetzt, auf der anderen Seite der Tafel waren der Tigermantel meiner Mutter und die Cowboystiefel meiner jüngsten Schwester nur zwei der Highlights. Erst als ich Marias leidendes Gesicht sah, begann ich mitzuleiden.

Ich hatte drei Schwestern, Maria drei Brüder, ich war der Vorletzte, sie die Jüngste. Marias Familie erkannte in meiner sofort die Heiden. Die Blicke von Marias Mutter an mich, meine Familie und die Tochter waren nicht nur vorwurfsvoll, sie sollten auch Schuldgefühle erzeugen: »Was tut ihr mir an! Es ist nicht recht, unverheiratet zusammenzuleben, noch dazu mit einem Kind!«, seufzte sie zwischen Kürbiscremesuppe und Hirschragout. Die einzige Tochter, diese kostbare Unterstützung im Alter, so weit weg vom Heimatort, an einen Heiden verschwendet! Sie bestand auf ein Tischgebet, was meine Familie geduldig und augenrollend über sich ergehen ließ. »Wo würden wir hinkommen, wenn wir unserem Herrgott nicht mehr für die Speisen danken würden?«, sagte sie nach dem Gebet, bedachte mich und meine Familie mit einem rügenden Blick und nahm den Löffel.

Meine Mutter zog mich kurz beiseite: »Hättest du dir eventuell eine Freundin suchen können, deren Familie uns nicht wie Menschen zweiter Klasse behandelt?« Mein Vater stieß mir jovial in die Rippen: »Ist sie wenigstens gut im Bett?« Meine Schwestern flüsterten mir zu: »Wo hast du denn die Knierutscherin her, Bruderherz?« Sie gingen mir auf die Nerven.

Unser Sohn wurde auf den Namen Nicolas

getauft, Noah und Elias waren Marias Favoriten, das konnte ich aber noch abwenden. Marias Mutter schenkte dem kleinen Nicolas einen Weihwasserbehälter, den ich in seinem Zimmer aufzuhängen hatte, und einen Rosenkranz, mit dem wir für ihn beten sollten. Als Nicolas ein Jahr alt war, gab ich ihm einmal diesen Rosenkranz zum Spielen, er hätte sich fast erwürgt damit.

Evangelium
»Aus dem heiligen Evangelium nach …«
Das Wort Evangelium heißt auf Deutsch Frohbotschaft. Jesu Botschaft ist Evangelium, weil sie den Schlüssel zur wahren Freude beinhaltet. Die Wahrheit ist dem Menschen nicht allzeit bequem, aber nur die Wahrheit macht frei und nur die Freiheit froh.

Ich vergaß das Trauma der Taufe sehr schnell und genoss mein Leben mit Maria und Nicolas. Meine Arbeit machte mir Spaß, meine Familie machte mich glücklich, wir waren eine richtige Bilderbuchfamilie. Ich sorgte finanziell für uns drei, und Maria versorgte Kind und Haushalt, an den Wochenenden fuhren wir oft weg oder machten es uns zu Hause mit ein paar Freunden oder alleine gemütlich. Ich zahlte alle Rechnungen und überwies jeden Monat ein sehr stattliches Haushaltsgeld auf ihr Konto, ich halte nichts davon, beim Haushaltsgeld zu sparen. Maria konnte sich wöchentlich eine Putzfrau leisten, ab und zu eine Babysitterin, damit sie zum Friseur oder zur Kosmetikerin oder in Ruhe shoppen gehen konnte, einmal in der Woche gingen wir gemeinsam aus. Sie sollte es gut haben, ich wollte nicht, dass sie eine frustrierte Hausfrau wird. Lange Arme vom Einkaufstaschen- und Kindschleppen, vergrämtes Gesicht, schlechte Haltung und Spülhände, ungepflegt und unzufrieden. Eine, die ihre Familie im Grunde hasst, weil sie ständig unentgeltlich deren Dreck wegputzen muss, und die keine Gelegenheit auslässt, über ihren Mann schlecht zu reden. Ich bin mit drei Schwestern aufgewachsen und habe jeden Tag erlebt, welche Erwartungen und Wünsche junge Frauen haben, wie sie denken und fühlen. Ich weiß, wie sie sind, wenn sie ihre Tage haben, ich weiß, dass sie gerne verwöhnt werden, und ich weiß, wie ein Mann zu sein hat.

Meine älteste Schwester zum Beispiel. Sie hatte sich einen um drei Jahre jüngeren Adonis geangelt, um den sie von allen ihren Freundinnen beneidet wurde. Als sich endgültig herausstellte, dass er zwar schön, aber faul war und eine Familie nie würde ernähren können und wollen, waren sie bereits verheiratet und hatten ein Kind. Mittlerweile haben sie zwei Kinder, sie muss halbtags arbeiten gehen und sieht zehn Jahre älter aus. Am Telefon jammert sie ständig über ihn, der Idiot bringt kein Geld nach Hause und spielt dann noch den Pascha!

Solche Männer konnte ich nie verstehen, wir wollen doch geliebt, angebetet, bewundert werden, das kostet eben etwas.

Predigt
Die Predigt gehört zu den ältesten Teilen des Wortgottesdienstes und war vornehmlich dem Bischof vorbehalten, später seinen Stellvertretern in den Pfarreien, den Priestern. Durch die Predigt sollte das gehörte Wort in der jeweiligen Zeit aktualisiert werden, damit das Wort Gottes nicht nur ein schöner und erbaulicher Text bleibt, sondern damit es gelebt wird.

Da Marias Bedürfnis, ihre Familie zu sehen, größer war als mein Bedürfnis, meine zu sehen, fuhren wir alle zwei Monate zu ihren Eltern und alle vier Monate in meinen Heimatort. Ich war jedes Mal froh, wenn ich beide Varianten überstanden hatte, Maria war jedes Mal bedrückt.

In Marias Elternhaus durften wir als Unverheiratete natürlich nicht in einem Zimmer schlafen. In der Nacht schlich ich mich manchmal in ihr Zimmer und legte mich zu ihr ins Bett. Ich wollte mit ihr schlafen, doch sie wehrte immer ab: Sie könne einfach nicht, hier in ihrem Elternhaus. Sie hatte recht, besonders motivierend war das riesige Ölbild über dem Bett mit dem sitzenden Jesus als Schafhirte sowieso nicht. Ich zog mich wieder in mein Zimmer zurück, in dem die Muttergottes und das kleine Jesuskindlein über dem Bett mich rügend ansahen.

Was ich in ihrem Elternhaus am meisten fürchtete, waren die vier Mahlzeiten. Das intakte Familienleben, das von Marias Familie dabei demonstriert wurde, bescherte mir immer Kopfschmerzen. Die Kinder lärmten, Marias Schwägerinnen diskutierten über eine schlampige Frauensperson im Dorf, die ihren Mann mit Fertiggerichten in den Selbstmord getrieben hatte, die Brüder redeten von Traktoren, die Mutter erzählte von der Messe, der Vater döste.

Vorher und nachher lange Gebete, die ich immer noch nicht beherrschte, dazwischen die frisch gemachten Knödel. Ich wünschte mich sehnlichst auf meine Couch vor dem Fernseher, mitsamt Formel 1, Bier, Pizza und viel Ruhe.

In meinem Elternhaus durften wir in einem Zimmer schlafen, das Zimmer war jedoch nie sauber, die Betten nie frisch bezogen. Meine Mutter schrieb Emanzipation groß und hielt nichts vom Haushaltführen. Da Maria sich ekelte, putzte ich jedes Mal das Zimmer und überzog die Betten neu.

In meiner Familie wurde kein Familienleben demonstriert, da ganz einfach keines mehr vorhanden war, es war schon vor vielen Jahren vom Geschäftsleben abgelöst worden, als ich und meine Schwestern noch Jugendliche gewesen waren. Mittlerweile besaßen meine Eltern drei Restaurants, und die Mahlzeiten wurden abwechselnd in einem davon eingenommen, dabei wurde nur über Angestellte, Steuern, Gäste, Ausgaben gejammert. Vorher und nachher Alkohol, der mir nicht schmeckte, dazwischen blutiges Fleisch. Ich wünschte mich sehnlichst auf meine Couch vor dem Fernseher, mitsamt Formel 1, Bier, Pizza und viel Ruhe.

Manchmal besuchten uns Marias Eltern oder Brüder, manchmal kamen meine Eltern oder Schwestern, jedoch kamen die beiden Familien nie gleichzeitig. Jedes Mal, bevor Marias Eltern kamen, füllte Maria den ständig leeren Weihwasserbehälter in Nicolas' Zimmer mit Wasser, immer, wenn meine Familie ihren Besuch ankündigte, entfernte ich das Ding.

Credo – Glaubensbekenntnis
»Ich glaube an Gott, den Vater, den Allmächtigen, den Schöpfer ...«
Katholischer Glaube bedeutet nicht, dass jeder glaubt, was er will, sondern dass man ein gemeinsames Fundament hat. Im Glaubensbekenntnis stehen wir mit Freude zu unserem Glauben, denn hier bekennen wir, warum wir zu uns selbst stehen dürfen: weil Gott zu uns steht.

Es hatte ja früher oder später kommen müssen, Maria wollte heiraten, nicht nur standesamtlich, sondern auch kirchlich mit dem ganzen Tamtam. Ich wollte nicht heiraten, weder standesamtlich noch kirchlich, es erschien mir einfach nicht nötig, ich wusste allerdings – im Gegensatz zum Kinderwunsch – diesmal nicht, wie ich mit Marias Wunsch umgehen sollte. Rigoros ablehnen und somit den Druck, den ihre Familie ausübte, ganz allein ihr überlassen? Aber nicht nur das Gespenst »Heirat« geisterte von nun an durch Wohnung und Beziehung, sondern auch das Gespenst »Spiritualität«. Maria fuhr immer öfter alleine zu ihren Eltern und kam jedes Mal bedrückter zurück. Sie wollte mit mir und Nicolas beten, in die Kirche gehen, ein Kreuz in der Küche aufhängen. Eines Abends holte sie ihre Bibel und begann mir ihren Lieblingspsalm vorzulesen, immerhin war sie nackt dabei: »Der Herr ist mein Hirte, nichts wird mir fehlen. Er lässt mich lagern auf grünen Auen und führt mich zum Ruheplatz am Wasser. Er stillt mein Verlangen …« An dieser Stelle begann ich an ihrem Busen zu saugen, und sie war total sauer.

Fürbitten
In den Fürbitten, welche Gebete des Volkes sind, beten wir für die Kirche, für die Anliegen in aller Welt und auch für unsere eigenen Nöte und Sorgen. Sie sind kein Akt der Anbetung oder der Danksagung, sondern Flehbitten, in denen unsere Sorgen und Ängste ihren Platz auch im Gottesdienst haben.

Um das Gespenst »Spiritualität« zu vertreiben beziehungsweise zu besänftigen, ließ ich mich zur Hochzeit überreden, und wir begannen die Planung dieses großartigen Ereignisses, Maria begeistert, ich widerwillig. Maria wollte ein großes kirchliches Fest mit mehr als hundert Gästen und stürzte sich mit Energie in die Vorbereitungen, mir überließ sie die Organisation der kleinen standesamtlichen Feier, die einen Tag danach stattfinden sollte.

Eine Woche vor dem Fest schleppte Maria mich zum Priester, den sie für die Trauung ausgesucht hatte, um mich in die Messgestaltung mit einzubeziehen, worauf ich ebenso gut hätte verzichten können. Der Priester war klein, hatte ein weichliches Gesicht und bewegte sich weibisch; schwul oder pädophil, war mein erster Gedanke, zur Tarnung hatte er sich einen Vollbart wachsen lassen. Er zog ein Formular aus seinem Schreibtisch und klärte uns darüber auf, dass er ein Eheprotokoll aufnehmen müsse, das sei Pflicht, wir hätten deshalb schon viel früher kommen müssen. Er fragte nach Namen, Adresse, Berufen und blätterte um.

Und dann passierte es, meine Vergangenheit schwebte in Form eines kleinen rachsüchtigen

Engels über mir und lachte mich aus. Der Priester fragte uns, ob einer von uns bereits einmal standesamtlich verheiratet und aus der Kirche ausgetreten gewesen sei. Bei mir war beides der Fall, beides hatte Maria von Anfang an gewusst, ich war schon fast ein Jahrzehnt geschieden und wieder zahlendes Mitglied im Verein, es war nie Thema in unserer Beziehung geworden. Ich wollte beinahe lügen, tat es aber doch nicht, ich ahnte nicht die Folgen. Der Priester fragte nach Datum des Austritts und der standesamtlichen Trauung, es war kurz hintereinander gewesen, und sagte nur: »Dann haben wir ein Problem.«

Das hatten wir tatsächlich. Nicht nur eines, es war der Anfang einer Kette von Problemen.

EUCHARISTIEFEIER
Gabenbereitung
Brot und Wein werden auf dem Altar dargebracht. Nicht Menschenwort, sondern Gottes Kraft allein ist imstande, dieses Brot und diesen Wein zum Leib und Blut Christi werden zu lassen. Jedes Mal, wenn die heilige Eucharistie gefeiert wird, begeht man ein Freudenmahl und ein Opfer zugleich. Der Priester hebt die Hostienschale hoch und mischt Wasser mit Wein.

Wir erfuhren vom Priester von einem Kirchengesetz, das es seit Ende der achtziger Jahre gab: Wenn ein aus der Kirche Ausgetretener standesamtlich heiratet, gilt das wie eine kirchliche Hochzeit, was bedeutet, er darf nicht mehr kirchlich heiraten. Punktum, das war es, wir durften nicht kirchlich heiraten, hatten schon hundertzwanzig Leute eingeladen, Kleid und Anzug gekauft, den Saal gemietet, das Buffet bestellt. »Wir können eine Segensfeier machen«, sagte der Priester beruhigend beim Abschied. Im Auto bekam Maria einen Weinkrampf. Ihre Familie und Verwandten würden eine Segensfeier nie akzeptieren, das war absolut keine richtige Vermählung vor Gott. Meine würde den Unterschied wahrscheinlich gar nicht bemerken, dachte ich.

Es begann eine Horrorwoche für uns beide. Wir gingen zu einem Obersten der Oberen im Diözesangericht für Eheangelegenheiten und bekamen die Erlaubnis nicht, schweren Herzens, wie der alte Herr sich ausdrückte, er könne exkommuniziert werden. Ich müsse um Annullierung meiner ersten Ehe beim Diözesangericht ansuchen, es würde dann ein Verfahren eingeleitet, Akte samt Beweismaterial nach Rom geschickt, wo der Heilige Vater die Ehe annullieren könne, das würde ungefähr ein Jahr dauern. Es blieb also vorerst bei der Segensfeier, wir überlegten, sie abzusagen, was aber angesichts der kurzen Zeit nicht möglich war. Vorher mussten wir zu Marias Eltern fahren und sie auf die Segensfeier vorbereiten, sie wären sonst bei derselben ohnmächtig geworden. Die Familie war schlichtweg entsetzt, die Mutter fasste nach dem Rosenkranz, schließlich verzieh sie mir unter Tränen. Tochter und Mutter fielen sich weinend in die Arme.

Die Segensfeier in der Kirche war eine einzige peinliche Farce, das Einzige, was mich rührte, war Marias blasses Gesicht, die Feier im Gasthof war trostlos. Am nächsten Tag war Maria schwer krank, wir mussten die standesamtliche Trauung absagen.

Schon vier Tage nach der Segensfeier fand ich mich beim Diözesangericht ein, um vernommen zu werden. Ich saß einer Kommission, bestehend aus Richter, Prälat, Ehebandsverteidiger und Schriftführerin, gegenüber und musste auf Fragen bezüglich meiner ersten Ehe antworten. Das Ziel dabei war, Argumente für eine Annullierung zu finden.

Händewaschen
Der Ritus der Händewaschung soll das Unwürdigsein des Menschen ausdrücken. Der Priester bittet, dass er würdig wird, die Geheimnisse zu vollziehen. Er wäscht seine Hände, was einer inneren Reinigung entspricht.

Zu meinem neunzehnten Geburtstag schenkte mir mein Vater einen Golf, weil er sich für seinen Sohn schämte, der mit einem klapprigen Opel Astra unterwegs war. Mit dem Opel Astra fuhr ich in den Stadthafen, um ihn an russische oder ukrainische Matrosen zu verkaufen, wie das alle meine Freunde mit ihren ausgedienten Fahrzeugen machten. Ich hatte Glück, es waren drei Schiffe aus Ismajil da, der Opel war schnell verkauft. Als alle drei Matrosen um mein altes Auto herummarschierten, nach Rost suchend, sah ich Ludmilla das erste Mal. Sie trug einen Mantel mit Pelzkragen und hatte feuerrote, lange Haare und ein reifes Gesicht. Sie gefiel mir wahnsinnig gut. Am Abend brachte ich den Typenschein mit der Abmeldung in den Stadthafen und überreichte ihn dem Käufer. Ludmilla kam zu mir und sprach mich auf Englisch an, wir gingen spazieren, dann auf einen Kaffee und schließlich landeten wir auf der Rückbank meines neuen Golfes. Sie war zwölf Jahre älter als ich und sehr erfahren, trotz der Kälte und Enge war unser Sex einfach unglaublich! Drei Minuten nachdem sie sich angezogen hatte und losgelaufen war, um mit ihrem Schiff abzufahren, kam sie wieder zu mir zurück: Es war ohne sie abgefahren!

Ich nahm Ludmilla mit in mein Zimmer. Wir trieben es dreimal am Tag – ich war damals Student –, zweimal in der Nacht, bis uns meine Mutter nach einer Woche hinauswarf. Bis ich eine Wohnung für uns gefunden hatte, kamen wir bei einem Freund unter.

Gabengebet

Das Gabengebet will nicht, wie oft gemeint wird, die materiellen Gaben von Brot und Wein vorweihen. Das Gabengebet ist vielmehr eine Bitte um Annahme der Gaben. Wir sollen auch unser eigenes Herz auf den Altar legen und Gott bitten, dass er es verwandle.

Ich wollte Ludmilla bei den Behörden anmelden, ein Visum beantragen und wurde darüber informiert, dass ihr aufgrund der illegalen Einreise die

Abschiebung drohte. Ich wollte Ludmilla auf keinen Fall verlieren, ich war heftig in sie und ihren Körper verliebt und schlug ihr vor zu heiraten. Sie willigte ein, ließ sich ihre Papiere aus der Ukraine schicken, und wir heirateten. Ludmilla erhielt Visum und Arbeitsgenehmigung, fand aber keine Arbeit. Ich schmiss mein Studium und begann als Kellner zu arbeiten, ab und zu verkauften wir alte Autos am Hafen. Dabei legte ich den Grundstein für meinen späteren Beruf als Mercedesverkäufer. Zwei Jahre später ließ ich mich scheiden, nachdem ich herausgefunden hatte, dass sie untertags, während ich in der Arbeit war, Kunden in unserer Wohnung bediente.

Die Vernehmung dauerte fünf Stunden, ich musste an die dreißig Fragen über Anfang, Verlauf, Ende der Beziehung, Charakter und Religionsbekenntnis der Ex-Frau, Verhalten der Eltern, Geschwister und Freunde uns gegenüber und vieles mehr detailliert beantworten. Die letzte Frage des Richters lautete: »Wurde die Ehe vollzogen?« Ich fragte ihn, ob er bis jetzt geschlafen habe, er reagierte beleidigt. Abschließend musste ich vor einem kleinen Altar und vor Gott bei brennenden Kerzen beeiden, die Wahrheit gesagt zu haben.

Hochgebet
Das Hochgebet beginnt mit der Präfation, dem großen Dankgebet: »Der Herr sei mit euch«, und endet mit der sogenannten Doxologie, mit dem bekennenden Amen der Gläubigen vor dem Vaterunser.

Maria ging es nicht besonders gut zu dieser Zeit, ich wollte sie aufmuntern, schenkte ihr Schmuck und ein Negligé, lud sie zum Essen, ins Casino, in ein Konzert ein. Nichts half, Maria sprach nur von »Spiritualität« und dass sie nicht länger mit mir in Sünde leben könne. Ich merkte, dass sie sich immer mehr von mir abwandte, dass ich sie langsam verlor, und das machte mich rasend vor Wut.

Nach zwei Wochen rief der Richter an: Ob ich zu einer Gegenüberstellung kommen könne, man habe meine Ex-Frau ausfindig gemacht. Als ich den Gerichtsraum betrat und Ludmilla entdeckte, sie war vorher drei Stunden lang vernommen worden, traute ich meinen Augen nicht. Sie war alt und fett geworden, richtig fett, sicher an die hundert Kilo. Ich sah sofort, dass sie immer noch als Prostituierte arbeitete.

Uns wurden verschiedene Fragen gestellt, die

unsere Ehe betrafen. Ludmilla stritt alle meine Beschuldigungen ab und stellte selbst welche auf: »Ich habe nicht absichtlich mein Schiff verpasst, sondern er hat mich daran gehindert, es rechtzeitig zu erreichen!«, sagte sie mit ihrem russischen Akzent, ich staunte über ihr gutes Deutsch, in der gemeinsamen Zeit hatten wir uns fast nur auf Englisch beziehungsweise mit Händen und Füßen und mehr unterhalten. »Er hat mir verboten, meiner Tochter in der Ukraine Geld zu schicken, ich musste ihm immer alles Geld geben!« Ich wusste gar nicht, dass sie eine Tochter hatte. Außerdem habe sie nie Freier in der Wohnung empfangen, sondern Patienten, sie sei immerhin gelernte Heilmasseurin. Das ging fast zwei Stunden so dahin, der Ehebandsverteidiger hatte eine Menge zu notieren, der Prälat meinte, in solch einem schwierigen Fall würde es sehr schwer sein, eine Annullierung im Vatikan zu erreichen. Da platzte mir der Kragen.

Vaterunser
»Vater unser im Himmel, geheiliget werde dein Name, dein Reich komme, dein Wille geschehe, wie im Himmel so auf Erden. Unser tägliches Brot gib uns heute und führe uns nicht in Versu-

chung, sondern erlöse uns von dem Bösen. Denn Dein ist das Reich und die Kraft und die Herrlichkeit, in Ewigkeit, Amen.«

Ich stand auf und schrie alle an, was für ein lächerliches Theater das denn hier wäre, ich warf den kleinen Altar mit Kerzen und Bibel um und marschierte zu Ludmilla. Ich ließ meine Hose und Unterhose hinunter, holte meinen Penis heraus und hielt ihn ihr vor die Nase: »Gelernte Heilmasseurin! So haben deine Patienten ausgesehen!« Ich sah alle an. »Gefällt euch das?« Ich umfasste meinen Penis mit der rechten Hand und tanzte onanierend im Gerichtsraum herum. Zu einem Orgasmus kam es allerdings nicht – ich hätte sowieso nicht gekonnt –, da mich Richter, Prälat und Ehebandsverteidiger ziemlich heftig aufforderten, zu gehen.

Ritus des Friedens
Der Priester fordert die Gläubigen auf: »Gebt einander ein Zeichen des Friedens und der Versöhnung.« Der Friedensgruß ist eine unmittelbare Vorbereitung zur Kommunion, denn Christus sagt uns, dass wir zuerst Frieden schließen sollten, bevor wir zum Altar treten.

Ich hatte es natürlich vermasselt, im Diözesangericht war man nicht mehr bereit, mir zu helfen, man betrachtete den Fall als abgeschlossen. Maria erzählte ich wochenlang nichts davon, sie glaubte, das Bittgesuch wäre auf dem Weg in den Vatikan, bis sie den Richter anrief, um zu fragen, wie lange es noch dauern würde. Sie kam zu mir ins Büro, zitternd vor Zorn, und schlug mich fest ins Gesicht. Da wusste ich, dass es nur eine einzige Lösung gab.

Nach Dienstschluss lieh ich mir vom Geschäft einen Vorführwagen aus und fuhr zwei Stunden bis in die Stadt, an deren Rand Ludmilla wohnte, ich hatte mir ihre Adresse gemerkt, als sie bei der Gegenüberstellung verlesen wurde. Es war bereits stockdunkel, als sie endlich mit einem Mann aus dem Haus trat, die beiden stritten eine Weile, dann stieg der Mann in ein Auto und fuhr weg. Sie watschelte am Gehsteig dahin, die Straße war völlig leer. Sie stieg vom Gehsteig hinunter und setzte an, die Straße zu überqueren, ich gab Gas und schoss auf sie zu. Ich hörte ein dumpfes Geräusch und brauste davon. Sie hat sicher nichts gespürt.

Agnus Dei – Lamm Gottes und Brechen des Brotes
Während alle Anwesenden beten »Lamm Gottes, du nimmst hinweg die Sünden der Welt«, bricht der Priester die Hostie. Symbolisch kann man diesen Ritus so verstehen: Das eine Brot, welches Christus ist, wird mit den vielen geteilt, damit sie der eine Leib Christi werden.

Ich kam spät in der Nacht nach Hause, Maria und Nicolas waren nicht da. Am nächsten Morgen fuhr ich sofort in ihr Heimatdorf. Ich fand Maria in der Küche, wo sie ihrer Mutter beim Kochen half, sie war so wunderschön, Nicolas streckte mir seine Arme entgegen. Mein Herz tat mir weh. Der älteste Bruder verstellte mir den Weg und legte mir nahe zu gehen, ich weigerte mich. »Ich möchte mit dir reden, Maria«, flehte ich, »geh mit mir nach draußen.« Ihre Mutter und ihr Bruder sagten, dass sie nicht mit mir sprechen wolle, und ein Streit begann. Der Bruder provozierte mich, und als die Worte »degenerierter Prolet« fielen, rastete ich aus. Ich nannte ihn einen »hostienfressenden Knödelsack« und schlug ihm mehrmals mit der Faust ins Gesicht und in die Magengrube, woraufhin er anstandslos in die Knie ging. Der schreienden Mutter fegte ich sämtliche soeben geformten Knödel vom Tisch, den letzten schmiss ich ihr an die Stirn.

Vorbereitungsgebet zur Kommunion
Nun knien alle nieder zum Zeichen, dass man eigentlich unwürdig ist, die heilige Kommunion zu empfangen, und beten nach dem Bekenntnis des Priesters: »Herr, ich bin nicht würdig, dass du eingehst unter mein Dach, aber sprich nur ein Wort, so wird meine Seele gesund.«

Maria kam dann doch noch einmal mit Nicolas in unsere Wohnung zurück und blieb zwei Wochen. Dass ich mittlerweile Witwer war, da Ludmilla von einem Geisterfahrer getötet worden war, und ich nun kirchlich heiraten durfte, interessierte sie nicht mehr, es war kein Gesprächsthema mehr für sie.

Eines Abends saßen wir gemeinsam am Balkon, es war so ein schöner lauer, kitschiger Sommerabend, wie man ihn aus Filmen kennt. Nicolas schlief bereits. Maria starrte gedankenversunken in die Ferne, und ich erkannte, dass es zu Ende war. Diese wundervollen gemeinsamen Jahre mit Maria und Nicolas waren zu Ende. Sie sprach es dann auch aus. Sie wolle nach Hause zurück, sie könne so nicht mehr mit mir leben. Sie wolle später einmal einen religiösen Mann heiraten, betonte sie. Ich spürte nicht einmal Wut in mir aufsteigen, es war das unvermeidliche Resultat der letzten Wochen.

Kommunionempfang
Der Priester überreicht die Hostie mit den Worten: »Der Leib Christi.« Der Gläubige antwortet: »Amen.« Er sollte außerdem die Ehrfurcht vor oder nach dem Empfang der heiligen Kommunion durch eine Kniebeuge ausdrücken.

»Warum hast du dich in mich verliebt? Warum haben wir ein Kind?«, musste ich sie fragen.

Maria schwieg eine Weile. »Du warst so – so potent«, sagte sie schließlich.

Potent fängt auch mit »P« an, so wie Prolet, ein potenter Prolet, mehr fiel mir dazu nicht ein.

»Potent in jeder Hinsicht«, sagte sie weiter, »du hast einfach Selbstbewusstsein ausgestrahlt. Ein sicherer Job, Eigentumswohnung, ein schönes Auto, genug Geld für ein angenehmes Leben. Du hast irgendwie gewusst, was läuft und wo es langgeht im Leben, weißt du, was ich meine?«

Ja, ich weiß, was du meinst. Ich habe dich von Anfang an zu sehr verwöhnt, du undankbares Luder, nein, du wunderbare Prinzessin. Der Prolet und die Prinzessin, fiel mir jetzt ein, und ich musste beinahe grinsen.

»War ich später nicht mehr potent?«

»Doch, aber ich habe gemerkt, dass das nicht alles ist. Mir hat was gefehlt in unserem angenehmen Leben, ich hab lange nicht gewusst, was, ich war einfach nur unglücklich.«

Sie schwieg eine Weile. Ich wusste, sie würde »Spiritualität fehlte mir« sagen, und sie tat es auch.

Maria trennte sich von mir und zog mit Nicolas in ihr Elternhaus zurück. Drei Monate später hatte sie einen neuen Freund, es war der Volksschullehrer des Dorfes, der aus dem Nachbarort stammte. Sie gingen regelmäßig mit meinem Sohn in die Kirche und bauten gemeinsam ein Haus.

Ich litt. Und wie ich litt. Ich ließ es mir nicht anmerken, ich ging weiterhin zur Arbeit und zwang mich, nicht zu versumpfen. Ich vermisste die beiden wahnsinnig.

Danksagung
Stille – um bei Gott zu verweilen. Der Gläubige sitzt still in seiner Bank und spürt im Gebet die Anwesenheit Christi.

Und jetzt liege ich frierend im Gestrüpp am Waldesrand oberhalb ihres Elternhauses und murmle den Ablauf der Messe vor mich hin. Ich habe Marias Tagesablauf in den letzten zwei Wochen genau studiert und bin ihr überallhin nachgefahren, um ihre Wege zu kennen. Ich kann nicht zulassen, dass aus meinem Sohn ein Knierutscher gemacht wird, das muss ich verhindern.

Jeden Dienstagabend hat Maria Bibelrunde im Nachbarort. Ich fahre ihr nach, und während sie im Haus ist, schleiche ich mich an ihr Auto heran, öffne die Tür mit einem Draht und lockere die Schraube beim Bremspedal so, dass sie ungefähr nach dem zehnten Mal Bremsen herausfallen wird und keine Verbindung mehr zum Gestänge und Bremskraftverstärker besteht.

Zwei Stunden später fährt Maria mit dem Auto los. In der langgezogenen Kurve im Wald einige hundert Meter vor ihrem Elternhaus prescht sie von der Straße in den Wald hinein und knallt gegen einen Baum. Ich verstecke mein Auto im Wald und gehe zu ihr, sie ist bereits tot. Mit Handschuhen öffne ich die Tür, schiebe ihre Beine beiseite und befestige die Schraube wieder. Dann küsse ich das letzte Mal ihre Haare, schließe leise die Tür und gehe weg.

Es ist gut, dass Winter ist und der Hof ihrer Eltern ziemlich abgelegen und Maria dafür bekannt, zu schnell zu fahren und sich nie anzuschnallen.

Schlussgebet, Segen und Entlassung
Nachdem wir Christus in der heiligen Kommunion empfangen und ihm auch etwas Zeit für ein Gespräch geschenkt haben, wird das Schlussgebet gesprochen und um den Segen gebeten: »Es segne euch der allmächtige Gott, der Vater und der Sohn und der Heilige Geist. Gehet hin in Frieden.« – »Dank sei Gott dem Herrn.« Der Segen ist ein Zeichen, dass wir in Beziehung mit Gott leben.

Nicolas und ich sitzen auf der Couch und sehen fern: Formel 1. Die Rennautos kreischen und quietschen um die Kurve, schneiden sich gegenseitig, und zwei überschlagen sich. Nicolas ist begeistert, er holt seine kleinen Rennautos und macht das Ganze nach, die Dinger fliegen durch das Wohnzimmer, ich lache. Zu Mittag essen wir bei McDonald's, Nicolas bekommt seine gewünschte Cola, er mampft glücklich vor sich hin.

Ich bin Mercedesverkäufer, auch jetzt noch, nach dieser ganzen tragischen Geschichte, »der arme, kleine, mutterlose Junge«, stand im Ortsblatt. Ich bin ein sehr guter Mercedesverkäufer, ich gewann einmal den Landeswettbewerb »Der beste Autoverkäufer«, ich kann eben nicht nur Frauen gut einschätzen, sondern auch meine Kunden. Ich verdiene ganz passabel, bin nicht reich, aber kann mir ein angenehmes Leben leisten und meinem Sohn etwas bieten.

Altarkuss und Auszug
Der Priester küsst den Altar als Zeichen der Verehrung. Dann macht er eine Kniebeuge Richtung Tabernakel zum Bekenntnis, dass hier wirklich Christus allgegenwärtig ist, und geht in die Sakristei.

Worst case

Es war bereits dunkel, als Julius Maier bei seinem Elternhaus ankam. Kein Licht war in den Fenstern zu sehen, die Vorhänge waren zugezogen. Verstohlen blickte er sich im Garten um, der Wind blies durch die hohen Bäume. Auf dem Schnee, durch den er soeben gestapft war, tanzten gespenstische Schatten.

Er klopfte an die schwere dunkle Haustür und wartete. Er klopfte abermals. Wieder nichts. Er war so erschöpft und hungrig wie schon lange nicht mehr. Die Frage, die er sich in den letzten Tagen immer wieder gestellt hatte, nämlich, ob es richtig war, nach Hause zu fahren, stellte er sich jetzt nicht mehr. Es musste die richtige Entscheidung gewesen sein. Ein Zurück gab es ohnehin nicht.

Schließlich hämmerte er mit beiden Fäusten gegen die Tür und schrie: »Macht auf! Ich bin es, Julius!« Einige Sekunden später wurde der Vorhang des Wohnzimmerfensters neben der Haustür zur Seite geschoben, und er erkannte das Gesicht seines Vaters hinter der Scheibe. Kurze Zeit später wurde die Tür einen Spalt geöffnet, Julius schlüpfte durch. Vor ihm stand sein Vater, der die Tür sofort wieder versperrte. Unbeholfen schüttelten die beiden sich die Hände.

In der Küche empfing ihn eine Welle der Wärme, vermischt mit muffigem Gestank, der vermuten ließ, dass tagelang nicht gelüftet worden war. Im alten Feuerherd brannte und knisterte es. Julius saß am Tisch und stopfte gierig Kartoffeln und Krautsalat in sich hinein. Er fühlte sich gut. Hunger und Kälte waren verschwunden, eine wohlige Müdigkeit lullte ihn ein, alles würde gut werden. Ja, es war die richtige Entscheidung gewesen, der wochenlange Alptraum war vorbei.

Drei alte Menschen saßen um den Küchentisch und sahen ihm zu: sein Vater, seine Mutter, seine Tante Anna. Sie sprachen nicht, sahen ihm nur zu. Er hatte sie ein Jahrzehnt lang kaum gesehen, vielleicht zweimal im Jahr ein paar Stunden lang, zu Weihnachten oder zum Geburtstag seiner Mutter, und im letzten Jahr überhaupt nicht mehr. Verbraucht und bedürftig erschienen sie ihm. Die Tür zum Wohnzimmer stand offen. »Damit die Wärme hineinkann«, erklärte sein Vater, »wir schlafen da drin. Wir heizen nur diese zwei Räume.«

Die einzigen Geräusche waren Julius' Kauen und Schlucken. Sein Blick schweifte durch die Küche – man hatte die alten Möbel umgestellt, so dass der Raum vertraut und gleichzeitig fremd wirkte – und blieb schließlich am Kalender hängen: 3. Dezember 2015. In drei Wochen würden sie gemeinsam Weihnachten feiern. Die Uhr daneben zeigte Viertel nach neun. Das Gefühl für die Zeit hatte er in den letzten Wochen in der Stadt verloren. Sie war irrelevant gewesen. Man hatte weder Arbeits- noch Öffnungszeiten zu beachten gehabt. Die ganze Situation in dieser überhitzten alten Küche erschien ihm plötzlich derart unwirklich und surreal, dass er sich verschluckte und husten musste.

Nach dem Essen bestürmten ihn alle mit Fragen nach seinem Leben in der Stadt, sein Vater wollte vor allem wissen, wie es ihm seit dem 25. September ergangen war. Seine Mutter fragte ihn nach Michelle, er hatte seine Freundin früher ein paarmal mitgebracht.

Da er todmüde war, vertröstete er sie auf den nächsten Tag. Nur kurz erzählte er von der Fahrt im Zug hierher, er hatte nur mit Mühe einen Stehplatz bekommen, und die Waggons waren so überfüllt gewesen, dass man sich gegenseitig auf die Füße getreten war. Alle waren nervös, misstrauisch und sehr aggressiv gewesen. Von Michelle wollte er nicht erzählen. Seine Eltern wussten nicht einmal, dass sie, nachdem sie neun Jahre ein Paar gewesen waren, spontan geheiratet hatten. Kinder hatte er sich gewünscht und ein harmonisches Familienleben. Doch Michelle vermittelte ihm schnell, sie könne nicht glauben, dass das alles sei, und zog nach wenigen Monaten aus. Auf dem Tisch ließ sie die Scheidungspapiere zur Unterschrift zurück. Im Altpapierbehälter fand er die drei Wochen alten Entlassungspapiere einer Abtreibungsklinik. Zwei Monate später sah er sie zufällig in einer Bar, sie war in Begleitung eines graumelierten Anzugträgers. Das war genau ein Jahr her.

Die Eltern boten ihm an, mit ihnen und Tante Anna gemeinsam im Wohnzimmer zu schlafen. Julius wehrte ab. Die Vorstellung, mit den drei alten Menschen in einem Raum schlafen zu müssen, ekelte ihn. Drei Zahnprothesen in Wassergläsern, oh nein. Er wollte alleine schlafen.

Im ersten Stock wanderte er durch die leerstehenden, eiskalten Zimmer. Sie sahen alle anders aus als noch vor zwei Jahren, hier war ebenfalls alles umgestellt worden. Für Julius nichts Neues: Als er noch ein Kind gewesen war, war ungefähr jedes zweite Jahr im Haus umgeräumt worden, einzelne Zimmer verändert, deren Bewohner vertauscht. Jedes Zimmer in diesem großen Haus war einmal sein Kinderzimmer gewesen.

Julius suchte sich das Zimmer mit dem kleinen Kaminofen aus und machte Feuer. Aus der Wandverkleidung neben dem kalten Heizkörper bog er ein Brett etwas zurück. Er steckte den kleinen zugeschnürten Sack mit seinem Pass und den Silbermünzen hinein und bog das Brett wieder in die ursprüngliche Lage. Er legte sich samt Kleidung ins Bett und brauchte lange, bis ihm ein bisschen warm wurde. Die Bettwäsche roch stark nach ungewaschenem Menschen.

Mitten in der Nacht wachte er auf, weil er fror. Er zündete die zwei Kerzen am Tisch an und machte erneut Feuer. Im Dunkeln tappte er in das Zimmer nebenan und holte sich noch zwei weitere Daunendecken, die er dann über sich türmte. Mit dem Schlafen war es vorbei. Er sehnte sich nach einem Fernseher und hätte alles für eine Stunde Fernsehen gegeben. Selbst wenn es nur Werbungen gewesen wären. Selbst wenn es nur eine gewesen wäre. Nur diese Stille sollte aufhören. Eine Stunde lang dieselbe Werbung ansehen, das hätte ihm schon gereicht. Für welche hätte er sich dann entschieden? Unwillkürlich musste er lachen. Er kicherte in die Dunkelheit hinein.

Am nächsten Morgen konnte er seinen eigenen Geruch nicht mehr ausstehen. Im Bett liegend, mit geschlossenen Augen, nahm er sich fest vor, sich trotz des kalten Wassers zu duschen und sich die Haare zu waschen.

Nur mit einer Unterhose bekleidet, lief er ins ungeheizte Badezimmer. Er schnappte sich ein Stück Seife und stellte sich unter die Dusche. Die Kälte des Wassers tat ihm weh. Er schaffte es gerade, sich die Beine bis zu den Oberschenkeln abzuspritzen, außerdem die Hände, das Gesicht und die Achseln etwas mit Wasser zu betupfen. An Ehrgeiz und Überwindung hatte es ihm immer gemangelt. In der Küche bot ihm Tante Anna an, Wasser auf dem Herd zu erwärmen. Er lehnte ab.

Julius half dem Vater, im Wald einen Baum zu

fällen. Eine riesige Fichte wurde zu Brennholz gehackt und zum Trocknen im Keller gestapelt. Es kam ihm sinnlos vor. Fast der ganze Keller war mit Brennholz voll, nur der Erdäpfelkeller nicht. Er warf einen Blick hinein, der Raum war gefüllt mit Erdäpfeln und Krautköpfen, in den Regalen stand eine Unmenge Gläser mit selbstgemachter Marmelade und Kompott, von der Decke baumelten große Speckstücke. Es gab ihm ein Gefühl der Sicherheit.

Sie arbeiteten stundenlang. Anfangs liebte Julius die Bewegung an der frischen Luft, er fühlte sich wie neugeboren. Doch schon nach einer Stunde flaute dieses »Ich fühl mich so gut und stark«-Gefühl ab. Er begann innerlich zu fluchen. Der Vater gab das Tempo vor und arbeitete mit verbissener Miene. Für Julius hatte er nur mürrische Blicke und grunzende Geräusche übrig. Schon immer war das so gewesen, wenn sie gemeinsam gearbeitet hatten.

Sie wechselten sich mit der Axt ab. Der eine hackte, der andere sammelte das gehackte Holz auf und trug es in den Keller. Der große Heizofen, der entweder mit Öl oder Holz zu heizen war, stand verwaist da. Den ganzen Herbst über hatte man nur den Küchenherd geheizt, um

Brennholz zu sparen. Man wusste nicht, wie lange man damit auskommen musste. Noch einen Monat, den ganzen Winter, mehrere Jahre lang?

Am nächsten Tag ging Julius in das Ortszentrum. Es lag viel Schnee, und er kam deshalb nur langsam voran. Der Himmel war strahlend blau, die Sonne schien und ließ den Schnee glitzern. Julius musste seine Augen abwenden und holte seine Sonnenbrille aus der Jackentasche. Er stellte sich vor, wie er mit seinen Carvingski auf einer Skipiste elegante Schwünge zog.

Er kam auf dem Marktplatz an. Im Unterschied zu seinem Elternhaus konnte Julius hier keine Veränderung erkennen. Er stellte sich vor, er wäre wieder ein Kind und würde in die Schule gehen. Die Straße war wie ausgestorben. Nur wenige Menschen hasteten an ihm vorüber. Julius erkannte sie alle, wusste aber ihre Namen nicht mehr. Die meisten grüßten ihn. Er wusste, sie hatten irgendeine Rolle in seiner Kindheit gespielt, eine größere oder kleinere, aber es fiel ihm beim besten Willen nicht mehr ein, was er mit ihnen zu tun gehabt hatte. War er mit der Frau hier in die Schule gegangen? War er mit diesem Mann am Nachmittag in der Gegend herumgestreift? Hatte er dieser alten Frau einen Streich gespielt? Er verfluchte sein schlechtes Gedächtnis, was seine eigene Vergangenheit betraf. Leute, die sich klar und konkret an einzelne Erlebnisse erinnern konnten, bewunderte er. Seine Erinnerungen ähnelten meist einem zähen Brei. Ein älterer Mann schüttelte Julius, offenbar erfreut, ihn zu sehen, die Hand und krächzte: »Ja, ja, der Maier junior ist wieder mal da. Wie alt bist eigentlich? Musst auch schon weit über die dreißig sein. Ja, ja, wenn's einem schlecht geht, findet man den Weg wieder heim.«

Im Ort fand er alles verschlossen vor, das Lebensmittelgeschäft, die beiden Gasthäuser, die Trafik, den Drogeriemarkt, selbst die Kirche war verriegelt. Trotzdem wirkte es ganz anders als in der Stadt, nämlich gespenstisch ruhig.

Jeder Tag ähnelte dem anderen, er konnte sie nicht voneinander unterscheiden, selbst die Stunden verrannen ineinander. Er half ab und zu seinem Vater bei Waldarbeiten. Sein Vater war trotz Winter und Schnee besessen davon, Brennholz herbeizuschaffen. Julius saß in seinem Zimmer auf dem Bett und versuchte, seine alten Jugendbücher zu lesen, andere waren nicht vorhanden: Mark Twain, Karl May. In der Küche schälte er mit seiner Tante Erdäpfel und schnitt mit seiner Mutter Kraut. Er kehrte das Stiegenhaus und den Gang. Sein Leben kam ihm elend vor.

Manchmal ging er zum Marktplatz hoch. Er wollte sehen, ob es Veränderungen gab. Beim dritten Mal traf er auf Anita, eine frühere Schulkollegin. In der zweiten Hauptschulklasse waren sie kurz ein Paar gewesen, sie war die Erste gewesen, die er je geküsst hatte. Anita fragte ihn, ob er Zigaretten hätte, Julius hatte keine. Sie beschlossen, einen längeren Spaziergang rund ums Dorf zu machen.

Sie erzählten einander, was sie seit der Schule gemacht hatten. Anita hatte eine kaufmännische Lehre abgeschlossen und als Verkäuferin im Supermarkt des Nachbarorts gearbeitet. Julius wunderte sich, sie war in der Schule immer eine der Besten gewesen und hatte Träume gehabt. Er merkte, dass es ihr peinlich war. Sie war geschieden und hatte eine vierzehnjährige Tochter. Julius erzählte widerstrebend von der höheren Schule in der Stadt, der Matura, seiner Arbeit in einem Werbegrafikbüro. Eine Weile schwiegen sie.

Plötzlich sagte Julius: »Vielleicht ist alles nur Show.«

»Wie meinst du das?«

»Vielleicht ist das alles von einer großen Fernsehanstalt inszeniert. Wir sind Teil einer Realityshow und wurden darüber bewusst nicht informiert. Es gibt Millionen Zuschauer, die momentan auf dem Bildschirm verfolgen können, wie wir uns verhalten werden. So wie in dem Film ›The Truman Show‹ mit Jim Carrey als Hauptdarsteller, erinnerst du dich? Ein Mann lebt in einem malerischen Städtchen unter einer Glasglocke, ganz Amerika lebt sein Leben im Fernsehen mit, nur er weiß es nicht.«

Anita musste lachen: »Du hast immer noch so verrückte Ideen wie früher.«

»Jemand hat dafür Milliarden bezahlt, die Regierung hat nur deshalb eingewilligt, um den Staatsbankrott abzuwenden.«

»Lustige Vorstellung«, meinte Anita.

Julius fasste nach ihrem Arm: »Warum nicht?«

»Und – wer, glaubst du, sieht uns jetzt zu? Millionen von Amis?«

»Nein, ich denke eher an eine Nation im Osten, die Inder, die Koreaner oder die Chinesen oder die Russen oder die Japaner, ach, ich weiß auch nicht, oder vielleicht nur ein paar stinkreiche Scheichs in der Wüste. Ja, das ist es. Es sind ein paar Scheichs! Die Araber lachen sich jetzt kaputt über uns.«

»Hollywood wär mir lieber, schade!«, Anita grinste. »Wo sind die Kameras versteckt?«

»Überall. Sie haben in der Nacht Milliarden von Kameras abgeworfen, die so klein wie Staubkörner und für uns beinahe unsichtbar sind.«

»Wie lange soll das deiner Meinung nach dauern? Bis wir uns zerfleischen und uns gegenseitig aufessen?«

»Ich weiß es nicht.«

»Und wie heißt die Show?«, fragte Anita.

»Keine Ahnung. Irgendwas mit worst case.«

»Was? Worst case?«, wiederholte sie.

Es klang schrecklich, wie sie es aussprach, Julius musste lachen.

»Wüst Käs'? Wüst Käs'?« Julius fuchtelte mit beiden Händen vor Anitas Gesicht herum, als läge etwas darin, das er ihr anpreisen wollte.

»Ja, ich will Käse, ich würde alles dafür geben, jetzt ein Stück Käse zu haben«, lachte sie.

Julius begann auf und ab zu springen, er schaute dabei zum Himmel hoch und streckte seine Arme aus: »Schaut her, ihr verdammten Scheichs oder wer auch immer ihr seid, es geht uns gut, wir verrecken nicht, wir bringen uns nicht gegenseitig um!«

»Du bist wirklich immer noch so verrückt wie früher«, sagte Anita.

Julius konnte es dann nicht mehr vermeiden, sich überall winzige Kameras vorzustellen. Er machte sich einen Spaß daraus. In jedem Fussel, in jedem Stück Dreck witterte er die pure Beobachtung. Das Gesicht zu einer Grimasse verzogen, kreischte oder flüsterte er mehrmals am Tag irgendwelche Kommentare auf Englisch. Selbst wenn er seine ungeschälte Kartoffel auf dem Teller vor sich liegen sah und deren Schale ein kleines dunkles Loch aufwies, beugte er sich vor und sagte: »Look and listen, my dear fucking audience! I am Julius Caesar and I am eating a potatoe, I am really eating a potatoe!! It is potatoe number twothousandfourhundredandtwelve in this week! Tomorrow I will eat cabbage, the day after tomorrow I will eat potatoes again. I love potatoes and cabbage!! I don't want to eat anything else!«

Auf der Toilette sitzend, sang er laut: »Look,

you fucking audience, my shit is leaving my asshole and coming directly to you! It has got the perfect consistence, can you see?« Beim Zähneputzen starrte er in den Spiegel und dachte: Oh mein Gott, ich werde jetzt tatsächlich wahnsinnig.

Am nächsten Tag ging er wieder mit Anita spazieren. Er war froh, jemanden zu haben, mit dem er reden konnte. Seine Eltern und seine Tante hatten es verlernt.

Nach einer Weile fragte Julius: »Was fehlt dir am meisten?«

»Eine heiße Badewanne. Eine Zigarette. Musik. Und dir?«

»Die Schminke.«

Anita starrte ihn ungläubig an: »Hast du dich früher geschminkt?«

»Das meine ich nicht. Es wirkt jetzt alles so nackt, so ungeschminkt. Ich mag das nicht, diese Nacktheit des Lebens. Es wirkt alles so real und hart, findest du nicht? Ich möchte am liebsten alles mit Schminke übertünchen, damit alles ein bisschen besser, rosiger und weicher aussieht.«

»Bist wohl ein Philosoph geworden, hm? Woraus besteht die Schminke denn?«

»Aus den Dingen, die aus dem Leben mehr als ein nacktes Überleben machen. Zum Beispiel eine heiße Badewanne, dazu Musik, anschließend ein netter Film im Kino, zum Abschluss ein gemütliches Abendessen in einem schicken Restaurant und in der Nacht ein geheiztes Schlafzimmer, in dem ich nicht vorher Feuer machen muss.«

Seine Tante bestand darauf, am 24. Dezember einen Weihnachtsbaum im Wohnzimmer zu schmücken. Julius ging in den Wald und fällte eine kleine Tanne. Zu Mittag fand er seine Mutter weinend in der Küche vor. Sie kochte Gulasch und schluchzte laut und wie von Sinnen. Julius zwang sich dazu, sich neben sie zu setzen, einen Arm um ihre Schulter zu legen und sie tröstend zu tätscheln. Eine Umarmung schaffte er nicht, die Vorstellung, die Mutter würde flennend und sabbernd an seinem Hals landen, ekelte ihn. Er hätte ihren Mundgeruch und ihren Speichel nicht in seinem Gesicht haben wollen. Körperliche Nähe war für ihn immer schon schwer zu ertragen gewesen.

»Was soll jetzt werden? Es dauert und dauert und wird nicht besser! Du wirst sehen, es kommen noch die Russen! Die Russen werden bei uns einfallen! Denen geht's bestimmt noch dreckiger als uns, und die haben keine Hemmungen, woanders einzufallen und alles niederzumetzeln, um die letzten Getreidekörner zu ergattern!«

Julius gelang es, sie zu beruhigen, indem er immer wieder murmelte, dass die Russen sicher nicht einfallen würden. Er dachte an das Telefonat mit seinen Eltern vor genau drei Monaten. Am 25. September hatte der Bundeskanzler – schweren Herzens, wie er sagte – abends im Fernsehen erklärt, dass das Zeitalter des Euros vorbei sei und jeder europäische Staat seine eigene Währung wieder einführen würde, um Schlimmeres zu verhindern. Jeder konnte von seinen Ersparnissen tausend Euro im Verhältnis eins zu eins in die neue Währung umtauschen, weitere tausend Euro würden im Verhältnis eins zu null Komma fünf umgetauscht, ansonsten würden alle Ersparnisse bis auf weiteres eingefroren.

Sofort hatte Julius seine Eltern angerufen, es war das erste Telefonat nach langer Zeit gewesen. Seine Mutter hatte damals euphorisch – er hatte ihre Begeisterung förmlich hören können – in den Hörer geschmettert: »Es ist gut so, du wirst sehen! Die Leute werden wieder wissen, was das Wesentliche im Leben ist, sie werden wieder zusammenhalten. Dieser ganze Luxus hat uns schon so verweichlicht. Wir haben kein Vermögen zu verlieren, bei uns auf dem Land wird es immer das Nötigste zu essen geben, ich habe keine Angst!« Er hatte seine Eltern beschworen, so viele Lebensmittel wie möglich einzukaufen, ob in Geschäften oder bei Bauern, und einzukochen.

Am Montag nach diesem 25. September waren alle Banken geschlossen gewesen. In der Bevölkerung war Panik ausgebrochen. Zwei Wochen später hatten alle Geschäfte geschlossen, einen Monat später hatte es keine Telefonnetze und keinen Strom mehr gegeben.

Seine Mutter griff schließlich nach seiner Hand und entschuldigte sich für ihre blanken Nerven. Sie fragte nach Michelle und wo sie untergekommen sei.

Julius räusperte sich und nickte: »Ich glaube, sie ist auch auf dem Land bei Verwandten untergekommen.«

»Ja, ja«, seufzte seine Mutter, »alle haben sie jetzt weg von der Stadt wollen, auf dem Land verhungert man wenigstens nicht, war im Krieg auch schon so.«

Michelles symmetrisches Gesicht und ihr schlanker Körper tauchten in seinem Kopf auf. Er vermisste sie.

Vor der Bescherung besuchte ihn Anita. Sie hielt ihm eine Zigarettenschachtel vors Gesicht. Gemeinsam rauchten sie in seinem Zimmer und begannen sich zu küssen. Dann eilte sie heim zu ihrer Tochter. Gegen Mitternacht wollte sie wiederkommen.

Am Abend bemühte sich jeder krampfhaft, Feiertagsstimmung zu verbreiten. Man gab sich betont fröhlich, während man die Gulaschsuppe und anschließend den Kartoffelschmarrn verzehrte. Dazu trank man Tee mit Rum, was tatsächlich für bessere Stimmung sorgte. Julius musste ausführlich von seiner Arbeit als »Werbemensch« erzählen und darüber Witze reißen.

»Eigentlich ein sinnloser Beruf«, meinte sein Vater, »wenn man das aus heutiger Sicht betrachtet.«

»Aus heutiger Sicht ja«, antwortete Julius.

Ein paar Kerzen wurden auf dem geschmückten Baum entzündet, allerdings nur für wenige

Sekunden. Man wollte die Kerzen sparen. Tante Anna las das Weihnachtsevangelium nach Lukas vor. Während sie las, starrte Julius auf ihre dritten Zähne, die ständig leicht vor- und zurückrutschten. Er konnte den Blick nicht abwenden.

Jemand klopfte an das Wohnzimmerfenster, zuerst leise, dann immer lauter. Alle sahen zum Vorhang hin, keiner bewegte sich. Schließlich trat Julius zum Fenster und schob ihn zur Seite. Er starrte in die Dunkelheit hinaus und sah eine Frau mit einem langen Mantel vor der Haustür stehen. Sie schaute zu Boden. Erst nach einer Weile hob sie den Kopf und sah ihm ins Gesicht. Es war Michelle.

Julius ging aus dem Wohnzimmer und den Gang hinunter. Er öffnete die Haustür. Michelle stand ihm gegenüber, und er sah, dass sie hochschwanger war. Sie hielt eine Reisetasche in der Hand. Schluchzend fiel sie ihm um den Hals, er zitterte. Als sie sich beruhigt hatte, führte er sie in die Küche. Die drei alten Menschen wussten nicht, ob sie sich über den unerwarteten Besuch freuen sollten, und starrten verwirrt auf Michelles Bauch und in Julius' Gesicht.

»Warum hast du uns nichts davon erzählt?«, fragte die Mutter mehrmals.

Michelle bekam Gulaschsuppe vorgesetzt und aß hastig. Später gingen sie ins Wohnzimmer und sangen gemeinsam *Stille Nacht, heilige Nacht*. Die Mutter und die Tante hatten darauf bestanden.

Apanies Perlen

Am 14. September 2013 saß Florian de Michel still hinter einem Baum und sah einem Paar zu, wie es sich auf der Waldlichtung liebte. Die jungen, nackten Körper kamen ihm wunderschön vor. Um den Hals trug das Mädchen eine Perlenkette.

Ein paar Tage später wanderte Florian wieder den Berg hinauf und ging zu der Lichtung. Im Moos fand er die Perlenkette, sie lag neben einer kleinen Tanne. Er hob sie hoch und betrachtete sie erstaunt von allen Seiten, die Sonnenstrahlen fielen durch die Bäume auf die weißschimmernden Perlen und brachten sie zum Glänzen. Florian grinste und streichelte liebevoll mit dem Zeigefinger darüber. Eine Stunde lang saß er auf einem Stein und ließ sich von der Herbstsonne den Nacken wärmen.

Schließlich steckte er die Halskette in seine Jackentasche und stieg den Berg hinunter in sein kleines Dorf, das in einem engen Südtiroler Tal lag. In seiner Behausung – er bewohnte einen abgegrenzten Teil einer Scheune – angekommen, setzte er sich auf seinen wackligen Schemel und holte die Kette aus der Tasche. Als wäre sie ein Armband, wickelte er sie ein paarmal um sein linkes Handgelenk und liebkoste sie selig mit den Wangen, mit den Lippen. Er dachte an das Mädchen Magdalena und stellte sich die Perlenkette auf ihrer weichen Haut vor.

Eine glückliche Zeit brach für ihn an. Beschwingt und leicht machte ihn die Perlenkette, er fühlte sich gut. Die Herbstsonne verabschiedete sich und wich dem grauen, düsteren Winter, doch in Florians Herzen strahlte sie weiter und wärmte ihn. In seiner Jackentasche trug er die Kette immer mit sich, und seine Finger spielten mit ihr, ohne dass es jemand bemerkte. Sooft es ging, holte er sie hervor, um sie anzusehen und zu streicheln. Seine Augen glänzten, wenn er sie betrachtete. Anfangs stellte er sich das Mädchen Magdalena damit vor, wie es sie um den Hals trug, um das Handgelenk oder um den Knöchel gewickelt hatte. Nach einer Weile wurde die Kette zu Magdalena selbst, endlich gehörte sie Florian für immer, endlich war sie sein. Er sprach mit ihr, fragte sie, ob sie Hunger habe, ob sie müde sei, ob sie mit ihm auf den

Berg gehen wolle, ob sie ihn genauso liebe wie er sie.

Eines Abends im November fand alles ein jähes Ende. Am Nachmittag schaute die alte Mene bei ihm vorbei, sie war – neben dem Pfarrer – die Einzige, die sich ein bisschen um ihn kümmerte, ihm die Wäsche wusch und ihn ab und zu mit Lebensmitteln versorgte. Im Gegenzug dafür bat sie ihn manchmal um einen Gefallen. Dieses Mal sollte er für sie und ihre Familie oben am Berg Latschenzweige holen, sie brauchten diese zum Speckräuchern. Sie stellte ihm eine Flasche Rotwein auf den Tisch, legte einen Laib Brot und ein dickes Stück Speck daneben und verließ ihn wieder.

Florian saß auf seiner Matratze, die Perlenkette um das linke Handgelenk gewickelt, und trank die Flasche leer. Er prostete Magdalena zu und flüsterte: »Auf dich, mein Liebling!« Über seine Worte musste er dann kichern, es kam ihm so unglaublich vor, dass er sie tatsächlich ausgesprochen hatte.

Als es dämmerte, schlief er betrunken auf seiner Matratze ein. Ein Geräusch ließ ihn hochfahren, die Tür war aufgerissen worden, und zwei Männer stürmten herein, ein älterer und ein junger, Vater und Sohn. Er kannte die beiden, sie besaßen einen großen Bauernhof im Dorf. Da er verhindern musste, dass sie ihn liegend erwischten, versuchte er aufzustehen, was jedoch seine müden Knochen nicht zuließen. Er war zu langsam. Der junge Bauer trat mit seinem Stiefel zuerst nach seinem Gesicht und, nachdem es Florian mit seinen Armen schützte, dreimal nach seinem Bauch. Plötzlich hielt er inne, er hatte das glänzende Ding um dessen linkes Handgelenk entdeckt.

»Schau mal«, sagte der junge Mann zu seinem Vater, »er hat eine Perlenkette gestohlen.«

»Ich habe sie nicht gestohlen, ich habe sie im Wald gefunden!«, krächzte Florian.

»Im Wald gefunden! Genauso wie unsere Geldtasche? Dass ich nicht lache!«, schrie der junge Mann.

Der alte Bauer winkte ab: »Die Perlenkette gehört uns nicht, sie geht uns nichts an. Du wirst schon sehen, der Besitzer wird sie sich wiederholen.«

Doch der junge Mann grapschte gierig danach, und weil er so heftig daran zog, riss die Kette mit einem ploppenden Geräusch. Florian jaulte auf. Die Kette zersprang in einzelne Perlen, die auf den dreckigen Boden und auf die nackte, zerrissene Matratze fielen.

Währenddessen hatte der alte Bauer Florians wenige Habseligkeiten in der kleinen Truhe – das einzige Möbelstück neben dem kleinen Tisch und dem wackligen Schemel – durchwühlt und das gefunden, wonach er gesucht hatte: eine alte schwarze, prall gefüllte Geldtasche, eine, wie sie Kellner in den Gaststuben bei sich haben, um zu kassieren.

»Ich hab sie!«, sagte der Alte zu seinem Sohn. »Herrgott noch mal, lass ihn endlich in Ruh, den armen Teufel.«

»Armer Teufel? Ein Dieb ist er, ein Säufer, ein fauler Hund und ein Tierschänder!«, konterte der junge Bauer und trat wieder nach Florians Bauch.

Schließlich ließ er von Florian ab und bückte sich, um die einzelnen Perlen vom Boden aufzuheben. Da es ihm jedoch ein zu mühsames Unterfangen war, hörte er auf und folgte seinem Vater. Durch die offen stehende Tür sah Florian ihre kleiner werdenden Silhouetten in der Dämmerung und hörte ihre Schritte auf dem Kies.

Sein ganzer Körper schmerzte, vor allem die linke Seite des Oberkörpers tat ihm weh, und aus der Nase und von der rechten Braue rann Blut. Den größten Schmerz bereitete ihm aber die zerrissene Perlenkette, und still weinte er vor sich hin. Er rappelte sich hoch, schloss die Tür und begann, mit seiner Taschenlampe die Perlen zu suchen und aufzusammeln. Eine Ewigkeit brauchte er, bis er einundneunzig in seiner Jackentasche gesammelt hatte, danach fand er beim besten Willen keine mehr. Erschöpft schlief er schließlich ein, die Jacke verwendete er als Kopfkissen.

Er träumte von Magdalena, seiner großen Liebe, seiner einzigen Liebe. Nackt, nur mit der Perlenkette um den Hals, lief sie über eine Blumenwiese auf ihn zu, er lag neben einem großen Baum und erwartete sie. Sie kam bei ihm an, beugte sich über ihn und küsste ihn leidenschaftlich. Als er sie mit beiden Armen umfasste und zu sich ins Gras ziehen wollte, war sie plötzlich verschwunden, anstelle des Mädchens hielt er ein Schaf in den Armen. Der Anblick des blökenden Tieres erschreckte ihn so sehr, dass er wimmernd aus dem Schlaf hochfuhr. Schluchzend saß er da und konnte sich lange nicht beruhigen.

Obwohl sein ganzer Körper von den Tritten des jungen Bauern schmerzte, machte er sich am nächsten Tag mit seiner Handsäge und dem Seil auf den Weg hinauf zu den Latschenkiefern. Er schleppte sich über den Dorfplatz und sah die Volksschulkinder vor der Schule spielen.

»Wer hat Angst vorm schwarzen Mann?«, riefen sie und liefen lachend los. Als Florian entdeckt wurde, dichtete man den Text um und schrie: »Wer hat Angst vorm Flo Michel?«

Er war es bereits gewöhnt und machte einen Bogen um die Schule und um die Kinder. Vor dem Widum traf er den Pfarrer, der ihm ein Marmeladenbrot brachte und mit ihm plauderte.

Nach einer Weile sagte Florian: »Wenn ich sterbe, musst du hinten in den Sarg ein kleines Loch bohren.«

»Warum brauchst du im Sarg ein Loch?«, fragte der Pfarrer.

»Weil ich sehen will, wer zu meinem Begräbnis kommt«, antwortete er.

An die drei Stunden brauchte er, und jeder Schritt bereitete ihm Mühe. Oben am Berg angekommen, sägte er große Latschenzweige von den Kiefern und stapelte sie übereinander. Als er sie mit dem Seil zusammenbinden wollte, passierte es. Florian rutschte auf dem nassen Moos aus und schlitterte den steilen Hang hinab, bis er über einen zehn Meter hohen Felsvorsprung hinunterstürzte. Am Fuße der kleinen Felswand blieb er auf einer Lichtung verletzt liegen. Es war dieselbe Lichtung, auf der er vor zwei Monaten das Liebespaar beobachtet und die Perlenkette gefunden hatte. Und es war dieselbe Lichtung, auf der er vor fünfundfünfzig Jahren gezeugt worden war, nur wusste Florian das nicht. Ein italienischer Finanzer hatte seiner Mutter die Heirat versprochen, sie auf der sonnigen Waldwiese verführt und sich, als sie ihm ihre Schwangerschaft mitteilte, nach Rom versetzen lassen.

Es war zwölf Uhr mittags, seine Schreie verhallten ungehört, und in der Nacht setzte der erste Frost ein. Florian lag da und fühlte plötzlich nichts mehr, alle Schmerzen waren fort. Zwei Tage später fanden ihn deutsche Wanderer, die in Südtirol Urlaub machten. Sie erzählten später, dass sie bei Florians Anblick zuerst gedacht hatten, »der Herr« mache auf der Wiese ein Mittagsschläfchen, bis sie den Auerhahn entdeckten. Der Auerhahn zog friedlich seine Kreise um Florian, bis er plötzlich auf dessen Bauch sprang und nach seinem Gesicht hackte.

Der Pfarrer war erschüttert über diesen einsamen und langsamen Tod und war viele Tage lang aufgewühlt, Florian de Michel war damals das erste Kind gewesen, das er als Priester getauft hatte, und er hatte zeitlebens eine Verbindung zu ihm gespürt. Die Perlen, von denen der junge Bauer erzählte, konnten nirgendwo gefunden werden, Florian trug sie nicht bei sich, und in der Scheune fand man sie auch nicht.

Der Pfarrer stieg den Berg hinauf, um die Latschenzweige zu holen, die Florian gesammelt hatte, sie lagen unter den Latschenkiefern verstreut. Die alte Mene, derentwegen er auf den Berg gegangen war, band einen großen Kranz daraus und legte ihn in der Kirche neben dem schlichten Sarg nieder.

Beim Begräbnis war die Kirche mehr als voll, alle Dorfbewohner kamen, und der Pfarrer war gerührt. »Siehst du, Florian, wenn du jetzt dein Loch im Sarg hättest, würdest du sie alle sehen. Alle sind sie da und erweisen dir die letzte Ehre«, flüsterte er, als er den Sarg segnete.

Langsam wurde der Sarg in die Erde gelassen. Der Dorfarzt, der Schuldirektor, der alte und der junge Bauer halfen dabei. Der Arzt war es gewesen, der festgestellt hatte, dass Florian erfroren war, er war noch den ganzen Tag und die ganze Nacht am Leben gewesen und erst am frühen Morgen gestorben. Auf eine Obduktion wurde verzichtet. Wäre eine gemacht worden, hätte man erfahren, dass Florian nicht erfroren, sondern wegen eines Milzrisses innerlich verblutet war. Außerdem hätte man in seinem Magen einundzwanzig vollkommene Perlen entdeckt.

Florian lag auf der Lichtung und wurde ruhig, er wusste, dass er sterben würde. In der Jackentasche spürte er die Perlen. Eine nach der anderen holte er heraus, legte sie auf seine Zunge und schluckte sie, niemandem sollten sie nach seinem Tod gehören, nur ihm.

Eine schluckte er für seine Mutter, die mit drei ledigen Kindern von unterschiedlichen Vätern von allen als Dorfhure bezeichnet worden und frühzeitig an Krebs gestorben war. Eine schluckte er für seine alte Großmutter, die sich um die kleinen Kinder liebevoll gekümmert hatte, eine für die Hebamme im Dorf, die nach dem Tod der beiden Frauen für die drei Kinder Pflegefamilien gefunden hatte. Eine schluckte er für den Bauern, der ihn als Knecht aufgenommen, geprügelt und beinahe hatte verhungern lassen, eine für den alten Knecht auf dem Hof, der ihm jede Nacht Schnaps verabreicht hatte, damit er sein Elend vergessen konnte. Eine für den Pfarrer, der ihn dort weggeholt und ihm einen Lehrplatz in der Stadt beschafft hatte, eine für den Metzgermeister, den er geschätzt und der ihn jahrelang gut behandelt hatte. Eine für das Glück, das er in jenen Jahren in der Stadt empfunden hatte. Eine für Magdalenas Bruder und eine für ihren Verehrer, die ihm gedroht hatten, falls er weiter mit dem Mädchen ausgehen würde, was er lachend abgetan hatte. Eine für den Arzt im Bozner Krankenhaus, der ihn nach dem schweren Unfall im Schlachthaus – man hatte ihn bewusstlos mit einem Fleischerhaken, tief in der Schläfe steckend, gefunden – monatelang betreute. Eine für den anderen Arzt in der Psychiatrie, der ihn jede Woche vor Studenten hingestellt hatte, sein – wie hieß es noch mal? – Frontalhirnsyndrom erklärt, ihn als sehr interessanten Fall bezeichnet und ihm immer wieder erklärt hatte, die schwere Gehirnverletzung sei schuld daran, dass er sich so verändert hatte und nicht mehr wisse, was gut oder böse war. Noch eine für den Pfarrer, der ihn aus der Psychiatrie zurück ins Dorf geholt hatte, eine für das alte Ehepaar, das ihm eine Kammer auf seinem Hof zur Verfügung gestellt hatte, er jedoch zog schließlich die Scheune vor. Eine für diejenigen, die das Gerücht in die Welt gesetzt hatten, er sei ein Tierschänder, eine für alle, die er bestohlen hatte, eine für alle, die ihn beschimpft, bespuckt, nach ihm getreten hatten. Und schließlich fünf für Magdalena, an die er jeden Tag dachte. Die restlichen Perlen steckte er einzeln tief mit seinem Zeigefinger in die Erde.

Die Menschen traten vor das offene Grab, warfen Blumen hinein und besprengten es mit Weihwasser. Nachdem alle den Friedhof verlassen hatten, schaufelte der Totengräber das Grab zu. Am nächsten Tag fielen die ersten Schneeflocken darauf.

Als im Frühling die alte Frau den Grabhügel bepflanzen wollte, entdeckte sie Blumen, die sie noch nie gesehen hatte, unmittelbar unter der Erdoberfläche. Sie entfernte die oberste Schicht der feuchten Erde und sah, dass das gesamte Grab voll war mit diesen wunderschönen, dunkelroten, herzförmigen Blüten. Viele Leute kamen auf den Friedhof, bewunderten die Pflanzen, doch niemand kannte diese Art von seltsamen Gewächsen. Auch auf der Waldlichtung, auf der man Florian tot gefunden hatte, entdeckte man neben einer kleinen Tanne diese roten Blüten.

Die Enkelin der alten Frau fand schließlich heraus, dass es eine seltene Orchideenart mit dem Namen Rhizanthella gardneri war. Bisher hatte man sie nur im Nordwesten Australiens gesehen.

An einem heißen Tag im Jänner 1867 tauchte das Aborigine-Mädchen Apanie – ihr Name bedeutete Wasser – vor der Küste von Broome immer wieder nach Austern mit dem Namen Pinctada maxima. Sie war die beste der acht Perlentaucherinnen an Bord des deutschen Perlensuchers Carl Hoffman und holte an einem guten Tag an die fünfzig Muscheln aus dem Wasser. Am Ende dieses Tages, bei ihrem letzten Tauchgang, die Sonne versank gerade blutrot im Meer, wurde Apanie von einem Tigerhai angegriffen, und weil die Mannschaft sie nicht schnell genug über die Reling ziehen konnte, zerfleischte er ihre Beine vor den Augen ihrer Freundinnen. In den Armen ihrer verzweifelt schreienden Freundin Hanya verblutete sie an Bord, während Hoffman und seine Männer ungerührt zusahen, sie waren derartige Unfälle gewohnt.

Als man später die zahlreichen Muscheln, die Apanie an ihrem Todestag und am Tag davor aus dem Wasser geholt hatte, öffnete, kam man aus dem Staunen nicht heraus: Sie enthielten genau gleich große Perlen, hundert an der Zahl. Hoffmans Abnehmer in Sydney, ein bekannter Juwelier, pries es als Wunder, so etwas habe es noch nie gegeben, sagte er mehrmals, man dürfe die Perlen nicht für verschiedene Schmuckstücke trennen, man müsse sie für eine einzige Kette verwenden. Der Meister ließ es sich nicht nehmen, die Perlen persönlich zu einer Kette zu verarbeiten, die Angestellten durften ihm dabei nicht einmal zur Hand gehen.

Und so entstand eine wundervolle hundertzwanzig Zentimeter lange Perlenkette mit genau hundert Perlen. Die einzelnen weißschimmernden Perlen waren sehr groß, sie hatten einen Durchmesser von zwölf Millimetern. In Juwelierkreisen war die wundersame Kette, deren perfekte Perlen an nur zwei Tagen von nur einem einzigen Mädchen aus dem Wasser geholt worden waren, bevor es ein Hai getötet hatte, das Gesprächsthema für viele Monate. Es sei nicht mit rechten Dingen zugegangen, hieß es, es sei ein Wunder. Auch Sydneys reiche Einwohner hörten von der Geschichte, alle wollten sie die Kette sehen, aber kaufen wollte sie keiner.

Nach ein paar Monaten holte sich Hoffman die Kette vom Juwelier zurück, weil er sie nicht aus dem Kopf bekam. Auch das Mädchen bekam er nicht aus dem Kopf, immer wieder spielten sich in seinen Gedanken die letzten Minuten ihres Lebens ab, wie die acht Mädchen ängstlich nebeneinander auf dem Boden gekauert hatten, wie er mit dem Zeigefinger auf Apanie gedeutet hatte, wie sie verschreckt aufgestanden war, sich Baumwolle in Nase und Ohren gestopft hatte, ans Seil binden hatte lassen, den Korb über den linken Unterarm gehängt hatte, das Messer in die rechte Hand genommen hatte, wie sie tief Luft geholt hatte und ins Wasser gesprungen war. Sie verfolgte ihn in seinen Träumen: ihr schreckverzerrtes Gesicht, ihre aufgerissenen dunklen Augen, ihre Schreie, das viele dunkelrote Blut, das nicht aufhören wollte zu fließen. Und nicht nur sie, sondern sämtliche beim Perlentauchen verunglückten Mädchen, sei es durch Haiattacken, Lungenrisse oder plötzlich auftretende Wirbelstürme, erschienen ihm im Schlaf.

Er begann zu trinken. Besessen von der Idee, er müsse in Apanies Heimatdorf reisen und die

Kette ihrem Verlobten überreichen, machte er sich auf den Weg von Sydney zurück in das kleine Städtchen Broome im Nordwesten Australiens, dessen Einwohner sich seit vielen Jahrzehnten der Perlensuche verschrieben hatten und das deshalb als Hafen der Perlen bezeichnet wurde. Der junge Aborigine war der Einzige, dem sie rechtmäßig zustand, ihm war die Braut so grausam entrissen worden, ihm sollte dieser Schatz gehören. Wenn er, Hoffman, dies nicht täte, würde er sein ganzes Leben lang von Unglück verfolgt werden, dann wäre er verflucht, so war er überzeugt. Er hatte das Gefühl, wahnsinnig zu werden.

Er reiste also alleine in Apanies kleines Heimatdorf in der Nähe von Broome und überreichte dem Verlobten die Perlenkette. Vor fast zwei Jahren war er das letzte Mal bei ihnen gewesen, umgeben von sechs Männern, die Gewehre in den Händen hielten und die acht Frauen packten, auf die Hoffman zeigte. Aborigine-Frauen hatten ein größeres Lungenvolumen als andere, was ihnen längere Tauchgänge ermöglichte; beinahe jeder Perlensucher holte sich seine Taucherinnen gewaltsam aus den Dörfern.

Der junge Aborigine, er hieß Burnu, öffnete die Schachtel und erblickte staunend die wunderschöne, lange Kette, Hoffman sagte nur ein Wort, nämlich »Apanie«, während ihm Tränen über die Wangen liefen. Die Aborigines scharten sich um Hoffman, packten ihn, fesselten ihm Hände und Füße und fuhren mit ihm aufs offene Meer hinaus. Sie ließen ihn ins Wasser plumpsen, an einer Stelle, an der es von Haien nur so wimmelte, und sahen zu, wie er von drei Tigerhaiweibchen angegriffen wurde und sich das Wasser rot färbte.

Burnu trug die Perlenkette – zweimal um den Hals gewickelt – bis an sein Lebensende, tatsächlich nahm er sie keine einzige Minute ab. Er heiratete und bekam viele Kinder, seiner ersten Tochter gab er den Namen Apanie. Den Aborigines im Dorf schien es, als würde die Kette Unglück von ihnen fernhalten, seit Burnu sie um den Hals trug, fielen keine Perlensucher mehr ein, um ihnen für eine lange Zeit Frauen und Mädchen gewaltsam wegzunehmen. Außerdem gab es keine schlimmen Krankheiten oder Unfälle, Menschen starben, weil sie alt waren und ein langes, erfülltes Leben gelebt hatten. In ganz Australien verbreitete sich das Gerücht von diesem Ureinwohner und seiner Perlenkette, die ihm übermenschliche Kräfte verlieh. Man hatte ihn mit zwanzig weißen Männern, die die Kinder aus dem Dorf fortholen wollten, um sie in ein Kinderheim zu stecken, gleichzeitig kämpfen gesehen, er hatte sie alle besiegt.

Auf Burnus Begräbnis bekam sein ältester Sohn Dheran feierlich die Kette um den Hals gelegt. Nun sollte er sie für immer tragen und somit alles Unheil von seinem Dorf fernhalten. Dheran dachte aber nicht daran. Da ihn die Lebensweise und Gebräuche der Weißen beeindruckten, trieb er sich oft in der Stadt herum, um die Menschen zu beobachten, er wollte sich wie sie bewegen, kleiden, sprechen, leben. Auf seinen Streifzügen durch Broome entdeckte er eines Tages ein Mädchen und verliebte sich in sie. Ihre britische Familie lebte seit zwei Jahren in Broome, der Vater beabsichtigte, hier eine Perlenzuchtfarm aufzubauen. Die zarte, rothaarige Jane mit der weißen Haut und den Sommersprossen faszinierte Dheran, und er verfolgte sie überallhin. Sie bemerkte es, und es gefiel ihr, Angst hatte sie nicht vor ihm. Eines Abends, auf dem Weg von einer Freundin nach Hause, blieb sie stehen, winkte den Aborigine zu sich heran und betrachtete ihn eingehend, sein fremdes Aussehen zog sie an. Sie deutete auf die Kette, dann auf ihren weißen, schlanken Hals, und ohne zu zögern, nahm Dheran die Perlenkette ab und legte sie ihr um. Langsam sagte sie zu ihm, dass sie ihn am nächsten Tag um die gleiche Zeit am selben Ort wiedersehen wolle, er nickte. Sie küsste ihn sanft auf die Stirn, und er verschwand in der Dunkelheit.

Wie sehr Jane auch tobte, in derselben Nacht wurde ihr die Kette von ihrem Vater weggenommen, er wollte sie verkaufen, musste sie verkaufen, da er kurz vor dem Bankrott stand. Er fand umgehend einen Perlenhändler, der die Juweliere in Sydney mit sorgfältig ausgewählten Perlen versorgte, und verkaufte sie ihm. Überglücklich, weil er solch ein wundersames Schmuckstück so günstig erworben hatte, reiste der Händler auf der Stelle ab. Die Geschichte vom jungen Aborigine, der diese wertvolle Kette einfach so verschenkt hatte, machte ihm Angst. Womöglich würde ihn ein ganzer Ureinwohnerstamm überfallen und massakrieren, um das Geschenk zurückzufordern.

Die Aborigines wollten die Kette ins Dorf zurückholen, nachdem sie Dheran verstoßen hatten. Doch sie kamen nicht mehr dazu, ihr ganzes Dorf wurde einen Tag nachdem der Verliebte die Kette an die blasse, rothaarige Jane verschenkt hatte, von einem Zyklon zerstört. Auch Broome wurde dabei fast völlig zerstört, sechstausend Menschen ertranken. Dheran und Jane gingen in dem Augenblick, in dem die Wassermassen kamen, aufeinander zu, später wurden ihre beiden Körper eng umschlungen an Land gespült.

Die Perlenkette jedoch war in Sicherheit, sie schaukelte in einer mit Samt ausgelegten Kassette in der Reisetasche des Händlers, der sich im Zug Richtung Sydney befand. Dort angekommen, bot er sie dem größten Juwelier an, der sie ihm sofort abkaufte. Der Vater des Juweliers erkannte die Kette beim ersten Anblick, es war diejenige, deren Perlen er damals, vor beinahe vierzig Jahren, vom Perlensucher Hoffman erhalten und persönlich zu einer einzigen Kette verarbeitet hatte. Er behielt sein Wissen für sich und die Kette im Auge. Hätte sich das Gerücht von den plötzlich wieder aufgetauchten Apanie-Perlen, so hatte man sie damals genannt, in der Stadt verbreitet, hätte man vermutlich wieder keinen Käufer finden können.

Einen Monat später, im November 1906, betrat summend ein gutaussehender Mann Mitte dreißig, im hellen Leinenanzug, mit einem weißen Hut auf dem Kopf und einem Gehstock in der Hand, das Juweliergeschäft und sah sich um.

»Ich suche ein Geschenk für meine Frau«, sagte er.

»Sie sind Europäer, nicht wahr? Woher kommen Sie?«, fragte der alte Juwelier.

»Aus Wien«, antwortete der junge Mann.

»Aus Wien!«, freute sich der alte Mann. »Die herrliche Kaiserhauptstadt im Herzen Europas! Ich war auch einmal dort, ist aber schon lange her. Ich habe die ganze Nacht auf einem Ball durchgetanzt. Für Ihre Frau habe ich genau das Richtige«, antwortete der alte Mann und holte aus einer Schublade eine wunderbare Perlenkette hervor. Und so verließen Apanies Perlen den australischen Kontinent und erreichten drei Wochen später die Hauptstadt der Donaumonarchie.

Im Dezember 1906 brachte Graf Anton von Stein seiner Frau Silvia ein sehr wertvolles Geschenk von einer Geschäftsreise mit. Er wollte damit Abbitte leisten, denn er nahm es mit der

Treue nicht so genau. Im Frühling war er in flagranti mit dem Kindermädchen erwischt worden, und seine Frau schmollte immer noch. Von einer Scheidung hatte er sie mit wertvollen Geschenken, die sie mit einem leicht spöttischen Lächeln entgegennahm, und würdelosen Betteleien, für die er sie hasste, abhalten können. Eine Scheidung wäre in den Kreisen, in denen er sich bewegte, einfach undenkbar gewesen.

Dieses Mal war es eine Perlenkette mit einer Länge von hundertzwanzig Zentimetern, die Anton von einem Juwelier in Sydney um eine horrende Summe erstanden hatte. Er war mit seinem Assistenten mehrere Wochen in Indonesien unterwegs gewesen, um alte, außergewöhnliche Möbel und Teppiche für sein Steckenpferd, ein nobles Antiquitätengeschäft, einzukaufen. Für seinen elfjährigen Sohn Max hatte er ein kleines Mahagonikästchen mit Perlmuttdeckel mitgebracht.

Silvia fand augenblicklich Gefallen an dem Schmuck. Ihren Mann küsste sie auf den Mund und nicht wie sonst auf die Wange, wenn sie sich für ein Geschenk bedankte. Die Perlenkette wurde eine ihrer Lieblingshalsketten, sie liebte den Anblick der weißen, zart schimmernden Perlen auf ihrer nackten braunen Haut und fühlte sich sinnlich, wenn sie sie trug. Deshalb legte sie sie nicht nur bei gesellschaftlichen Anlässen um, sondern oft auch an gewöhnlichen Tagen, wenn sie sich aufmachte, ihren Liebhaber in dessen Wohnung zu besuchen. Nur mit der Perlenkette um den Hals, ansonsten nackt, lag sie auf dem großen Bett des um etliche Jahre jüngeren Schauspielers und betrachtete sich im Spiegel. Der Schauspieler fand ihren Anblick göttlich und sie selbst sich unwiderstehlich.

Als der Geliebte sie nach zwei Jahren aus Überdruss verließ und sich einer anderen Frau, einer sehr jungen Schauspielerin, zuwandte, verschwand die Perlenkette in einer Schatulle und diese in der untersten Schublade der Schmuckkommode. Für Silvia war die Kette untrennbar mit dem Körper des jungen Schauspielers und ihren gemeinsamen Liebesspielen verbunden, sie wollte sie nicht mehr tragen, und Anton selbst fiel es gar nicht auf, er war beschäftigt mit Wertpapierhandel, seinen Automobilen, seinem Antiquitätengeschäft und der Renovierung seines Landsitzes am Attersee. Silvia fühlte sich einsam und leer. Sie kaufte sich eine junge Dogge, nannte sie Mandy und machte täglich mit ihr ausgedehnte Spaziergänge. Erst nach fünf Jahren sollte die Perlenkette wieder hervorgeholt werden, und zwar für ein kleines Mädchen.

Am Heiligabend des Jahres 1913 feierte Familie von Stein mit fünfzig Gästen eine Weihnachtsparty. Bratenduft, Gelächter, Gläserklirren und Zigarrenrauch erfüllten den Salon, es herrschte eine ausgesprochen ausgelassene Stimmung. Plötzlich entdeckte Max durchs Fenster ein kleines Mädchen auf der Straße. Das Kind, in einen schäbigen, viel zu großen Mantel gekleidet, stand ruhig da und starrte durch die Terrassentür auf den hell erleuchteten Christbaum.

Als nach zwei Stunden das Mädchen immer noch am Zaun stand und zur Villa hochschaute, verließ Anton auf Silvias Drängen hin die Party, um sich um die Sache zu kümmern. Er trat zu dem Mädchen und sprach lange und ernsthaft mit ihm, es zeigte ihm nach einer Weile einen Zettel, und Anton schien diesen aufmerksam durchzulesen; alle konnten die beiden vom Fenster aus beobachten. Schließlich steckte er den Zettel in seine Manteltasche, führte das Kind zu seinem Automobil und fuhr mit ihm weg. Erst nach Stunden kam er wieder, allein.

Silvia tobte, Max und sie hatten die Gäste ohne den Gastgeber unterhalten müssen, die gute Stimmung war dahin gewesen.

»Wo, zum Teufel noch mal, warst du so lange«, schrie Silvia ihn an, »kannst du mir das bitte erklären? Und was wollte dieses Kind vor unserem Haus?«

Anton erklärte ausführlich, dass das Mädchen Klara hieß und sieben Jahre alt war. Klaras Mutter, eine arme, einfache Frau aus Böhmen, die als Köchin in einem großen Hotel gearbeitet hatte, war vor ein paar Tagen an Asthma gestorben, ihren Vater hatte das Mädchen nie gekannt. Er, Anton, habe Klara in das städtische Waisenhaus gebracht.

»Was stand auf dem Zettel?«, fragte Silvia.

»Ihre Mutter hat ihr den Namen und die Adresse einer Freundin aufgeschrieben, zu der sollte sie gehen, aber irgendwie hat sie sich verlaufen«, antwortete Anton müde.

Nach ein paar Tagen holten die von Steins die elternlose Klara zu sich. Anton hatte Silvia dazu überredet, er dachte, es würde seiner Frau guttun.

Schon immer hatte sich Silvia eine Tochter gewünscht, nach mehreren Fehlgeburten hatte sie aber keine Kinder mehr bekommen können. Sie fühlte sich, als hätte ihr Leben wieder einen Sinn, und ging ganz in der Mutterrolle auf. Das gehorsame, schüchterne Mädchen gefiel ihr, und sie staffierte es wie eine Puppe aus. Doch eines ließ sich Klara nicht abnehmen, das war eine rote Haarschleife, ein Geschenk ihrer toten Mutter, sie trug sie beinahe jeden Tag.

Auch zwischen Anton und dem Kind herrschte von Anfang an eine seltsame innige Vertrautheit, seine Augen strahlten vor Liebe, wenn er es betrachtete. Das Glück schien in die Villa der von Steins zurückgekehrt zu sein, Anton verbrachte mehr Zeit zu Hause, und er und Silvia kamen sich wieder näher. Der Einzige, der das Mädchen und die Veränderungen in der Familie mit Argwohn und Eifersucht beobachtete, war der achtzehnjährige Max, er hasste das Mädchen von ganzem Herzen. Nie hatte sein Vater ihn mit diesem Leuchten in den Augen angesehen oder so freundlich mit ihm gesprochen.

Als Anton und Silvia von Adoption sprachen, rastete Max vollkommen aus. Die Beziehung zwischen Vater und Sohn, die vorher schon nicht besonders gut gewesen war, wurde eisig. Max hatte vor einiger Zeit die Schule abgebrochen, er lebte in den Tag hinein, genoss seine Jugend in vollen Zügen und gab das Geld mit beiden Händen aus. Silvia verteidigte ihren Sohn, den sie abgöttisch liebte, Anton verachtete ihn für seinen Mangel an Ehrgeiz. Auch die Hündin Mandy war eifersüchtig, jedes Mal, wenn das Mädchen vorüberging, knurrte sie und schnappte nach ihm. Klara hatte Angst vor dem Tier.

In der Küche verbrachte das Mädchen am meisten Zeit. Es verstand sich mit dem jungen Küchenmädchen Anna hervorragend und durfte beim Kochen zusehen und helfen.

Silvia wollte Klara mehr an sich binden und zeigte ihr deshalb den gesamten Inhalt ihrer Schmuckkommode, Ketten, Armbänder, Ohrringe, Broschen und Spangen breitete sie auf dem großen Bett aus. Klara hatte keine Augen für all das Gold und Silber, sie betrachtete einzig und allein die Perlenkette, streichelte staunend und sanft darüber. Silvia reichte sie ihr.

»Gefällt sie dir?«, fragte sie.

Das Mädchen nickte ehrfürchtig: »Ich habe noch nie so etwas Schönes gesehen«, flüsterte es.

»Du darfst damit spielen, sooft du willst«, sagte Silvia, »du bittest mich einfach darum, und danach legen wir sie wieder hier in die Schatulle zurück.«

Klara spielte beinahe täglich nach dem Unterricht mit der Perlenkette. Sie legte sie um ihren Hals und schritt damit in ihrem Zimmer vor dem großen Spiegel langsam auf und ab, bewegte die erhobene rechte Hand, als wäre sie eine Königin, die ihrem Volk von der Kutsche aus zuwinkte. Es schien, als würde die Kette sie verwandeln: Mit den Perlen um den Hals fühlte sie sich edler, besser, stärker, nicht gelähmt vor Schwäche und vor allem nicht als die uneheliche Tochter einer armen, kranken Küchenhilfe in einem Hotel, die nun tot auf dem Friedhof lag. Mit der Kette gehörte sie zum Adel, nicht zum Gesinde.

Mit einem leisen Schrei zuckte sie eines Nachmittags zusammen, als sie Max bemerkte, der die Tür sacht geöffnet hatte und sie grinsend beobachtete.

»Dir gefällt es bei uns, hm?«, fragte er lauernd. »Plazierst dich ausgerechnet vor unser Haus. Hat es dir reich genug ausgesehen? Hast du gedacht, hier ist alles so schön, sauber und hell, hier setz ich mich wie eine Made in den Speck? Und schnell hast du ein mitleiderregendes Gesicht aufgesetzt.«

»Meine Mami hat mir erzählt, dass hier ihre Freundin …«, flüsterte Klara.

Max unterbrach sie unwirsch: »Ja, ich kenne die Geschichte. Deine Mami hat, bevor sie gestorben ist, dir erzählt, dass ihre Freundin bei uns als Köchin arbeitet und du zu ihr gehen sollst, damit sie sich um dich kümmert. Nur hat bei uns nie eine Franziska Berger gearbeitet, in der ganzen Straße nicht. Seltsam, nicht wahr? Wieso ausgerechnet unser Haus, da steckt doch etwas dahinter, sag's mir, du widerliches Stück Dreck!«

Den letzten Satz schrie er, gleichzeitig umfasste er mit der rechten Hand ihren schmalen Hals und drückte zu. Im selben Moment stürzte Anton in das Zimmer und gab seinem Sohn eine derart heftige Ohrfeige, dass dieser ein paar Schritte zurücktaumelte.

»Du bist widerlich!«, schrie er Max an, dann fügte er leise und drohend hinzu: »Fass sie ja nie wieder an.« Knallrot im Gesicht vor Demütigung verließ Max den Raum, während Anton das schluchzende Kind an sich drückte.

In den folgenden Nächten schlich Max in Klaras Zimmer. Nicht nur, sich nackt auszuziehen, befahl er dem Mädchen, sondern auch noch weitere schändliche Dinge. Jedes Mal, wenn er sie verließ, drohte er ihr noch viel Schlimmeres an, falls sie von den nächtlichen Geschehnissen erzählen würde. Untertags war Klara müde und gereizt, Silvia wunderte sich über die Entwicklung des anfangs so braven, ruhigen Mädchens. Klara bat um einen Schlüssel für ihr Zimmer, Silvia verweigerte das, sie könne Geheimniskrämerei nicht leiden, sagte sie zu ihr. Nachmittags lag Klara mit der Perlenkette um den Hals auf ihrem Bett und war für nichts zu begeistern.

Die Wochen vergingen. Im Juni 1914 brach Anton zu einer längeren Geschäftsreise auf. Er wollte Klara mitnehmen, doch sie musste zur Schule gehen. Er reiste alleine ab, und das Mädchen winkte ihm nach, verzweifelt die Tränen zurückhaltend.

Dann überschlugen sich die Ereignisse. Silvia fand ihre Perlenkette nicht mehr und entdeckte sie nach dem Hinweis des Stubenmädchens unter Klaras Matratze. Fassungslos und empört beschimpfte sie das Mädchen als Diebin. Am nächsten Tag fand Silvia weder ihre Perlenkette noch ihre geliebte Hündin Mandy. Nach stundenlangem Suchen fand man beides: Mit merkwürdig verrenkten Gliedern lag Mandy tot in einer Ecke des Weinkellers, um den Hals trug sie die Perlenkette. Der grausige Anblick ließ Silvia völlig zusammenbrechen, sie schrie und schrie, bis sie nur noch zitternd in ihrem Bett lag und stumm vor sich hin weinte. Mandy war vergiftet worden, stellte der Arzt fest, höchstwahrscheinlich mit Strychnin, einem häufig verwendeten Rattengift, das man auch im Keller der Familie von Stein aufbewahrte. Als Letzte hatte das Stubenmädchen die Hündin lebend gesehen, sie sagte aus, dass Mandy dem Mädchen, das eine Wurst in der Hand gehalten hatte, im Treppenaufgang hinterhergelaufen war. Angeblich hatte es zur Dogge gesagt: »Ich möchte, dass du mich endlich magst.«

Silvia ließ ihren Sohn zu sich rufen und trug ihm auf, das Mädchen aus Wien fortzuschaffen und so weit weg wie möglich zu bringen, wohin er es brächte, ob in ein Waisenhaus oder sonst wohin, sei ihr gleichgültig. Max kam ihrem Wunsch nach und brachte Klara in seinem Automobil fort. Es nützte nichts, dass Anna, das Küchenmädchen, weinend bei Silvia vorsprach, sie solle doch mit dem Kind Erbarmen haben, es sei sicherlich unschuldig am Tod der Hündin.

Da sich Klara von Silvia nicht verabschieden durfte, bestand sie darauf, wenigstens die Perlenkette noch einmal sehen zu dürfen. Max gestattete es ihr, er holte die Schatulle aus dem Schlafzimmer. Zärtlich betrachtete das kleine Mädchen die Perlen, streichelte, küsste sie, und schließlich murmelte sie ihnen etwas zu. Später im Auto fragte Max es danach, doch es antwortete nicht und starrte nur aus dem Fenster.

Wohin er es gebracht hatte, darüber verlor er nie ein Wort. Auch nicht gegenüber Anton, der ihn aufgebracht zur Rede stellte. »Ich werde dir nie sagen, wo sie ist, nie! Es sei denn, du sagst mir, was es mit dem Kind auf sich hat!«, sagte Max und grinste seinem Vater ins Gesicht. Silvia drohte ihm mit der Scheidung, falls er das Kind suchen und zurückholen sollte.

Anton suchte überall in Wien nach Klara, fand sie jedoch nicht. An jedes einzelne Waisenhaus im Land schickte er eine briefliche Anfrage, von Karlsbad bis Triest, Lemberg bis Hermannstadt, von Sarajevo bis Fiume. Von den meisten bekam er keine Antwort. Der Thronfolger und seine Frau fielen einem Attentäter zum Opfer, und das große Kämpfen begann. Anton und Max zogen in den Krieg, Silvia begann zu trinken, und die Perlenkette verschwand wieder in der untersten Schublade der Schmuckkommode.

Beim Begräbnis Kaiser Franz Josephs legte Silvia auf Wunsch Antons die Perlenkette um. Sie standen in der Menschenmenge und sahen dem Sarg nach. Anton war zwei Jahre lang an der Front gewesen und hatte in der Zeit keinen Heimaturlaub in Anspruch genommen.

»Alles wird untergehen, alles wird anders, und wir haben nur noch uns«, sagte er zu seiner Frau. Zwei Tage lang klammerten sie sich wie Ertrinkende aneinander, dann verließen beide die Stadt, Anton ging wieder an die Front, Silvia zog mit einigen Bediensteten in das Landhaus am Attersee. Die Perlenkette reiste im Gepäck mit. In den drei Jahren, die Silvia in der Idylle der Seelandschaft verbrachte, fand sie jedoch nur ein einziges Mal Gebrauch: Das Küchenmädchen Anna verliebte sich in einen Bauern, und es wurde ihr erlaubt, auf der Hochzeit die Perlenkette zu tragen. Sieben Monate später fand das Begräbnis der schönen Braut statt, sie war bei der Geburt des ersten Kindes gestorben.

Zehn Jahre lang lag die Perlenkette unberührt in ihrer Schatulle, bis sie im Herbst 1928 hervorgeholt wurde. Max' Verlobte Christina trug sie auf der Verlobungsfeier zu ihrem eleganten roten Kleid und ein halbes Jahr später auf ihrem Hochzeitsfest. Sie hatte sie in ihren dichten kastanienbraunen Locken als Stirnreif drapiert. Ansonsten trug sie keinerlei Schmuck, auch keinen Schleier, nur ein weißes, elegantes, bodenlanges Kleid ohne Ärmel. Die Hochzeitsfeier fand im Landhaus am See statt und war ein prunkvolles Fest mit fünfhundert Gästen. Max, der begehrte Junggeselle der Crème de la Crème in Wien, hatte vor einem Jahr – in der Sommerfrische am Attersee – seine Traumfrau kennengelernt und sich Hals über Kopf in die Lehrerin verliebt. Für Anton und Silvia war es ein Schock gewesen, dass sich ihr Sohn in ein einfaches bürgerliches Mädchen vom Lande verliebt hatte, doch Max, der sein Geld mit Aktienhandel verdiente – und das nicht schlecht –, hatte seine Eltern ausgelacht: »Einfaches bürgerliches Mädchen? Seit zehn Jahren sind wir alle nur einfache bürgerliche Leute in der Republik Österreich, kapiert das endlich!«

Anton und Silvia konnten es nicht verstehen, sie vermissten ihre alte Welt immer noch, fühlten sich als Relikte einer untergegangenen Gesellschaft. Doch die junge Lehrerin mit den grünen Augen und dem fröhlichen und freundlichen Wesen gefiel ihnen von Anfang an, und auf dem Fest mussten sie zugeben: Max und Christina waren ein wunderschönes Paar.

In der Hochzeitsnacht verschwand nicht nur die Perlenkette, sondern auch die wunderschöne Braut. Das Fenster des Badezimmers war aufgebrochen worden und Christina entführt, die Perlenkette hatte sie immer noch im Haar getragen. Trotz ausgedehnter Suche aller Gendarmerieeinheiten des Bezirks wurde Christina nicht gefunden, nicht am nächsten Tag, nicht in der nächsten Woche, nicht im nächsten Monat. Max war wahnsinnig vor Schmerz und obendrein vor Begierde, denn er hatte Christina nie besessen. Das geforderte Lösegeld von zehn Millionen Schilling bezahlte er, ohne zu zögern, obwohl seine Eltern sich vehement dagegen wehrten. Seine jungfräuliche Frau tauchte dennoch nicht auf. Dafür kam ein halbes Jahr später der Schwarze Freitag und damit der völlige Bankrott der von Steins.

Die Familie verlor alles, ihr gesamtes Vermögen wie auch die Villa in der Hauptstadt und das große Haus am See samt Ländereien. Anton und Silvia waren gezwungen, eine kleine Zweizimmerwohnung in Wien zu beziehen, Max kam bei einem Freund unter. Wie besessen suchte er weiter nach seiner großen Liebe und fand nicht einmal einen Anhaltspunkt, es schien, als wäre Christina vom Erdboden verschluckt. Silvia vermisste mehr ihre Perlenkette als ihre Schwiegertochter. Ein Jahr verging, Max suchte und trank, Silvia machte Näharbeiten für eine Schneiderei und trank, Anton versuchte sich als Autoverkäufer und ging mit alten Freunden auf die Jagd.

Eines schönen Tages im Frühling tauchte die Perlenkette wieder auf: und zwar in einem kleinen Paket, das Max zugesendet wurde. Nachdem er es geöffnet und den Inhalt eingehend betrachtet hatte, suchte er seinen Vater auf und stellte ihm die Pappschachtel auf den Schreibtisch. Anschließend nahm er Antons Revolver aus dessen Schreibtischschublade, hielt ihn sich an die Schläfe und drückte ab. Der fassungslose Anton ließ zuerst die Schachtel samt Perlenkette und den drei Fotos – von einem roten Haarband umwickelt – unter einem losen Dielenbrett verschwinden, bevor er den Rettungswagen rief. Das erste Foto zeigte das böhmische Kindermädchen Helena mit dem kleinen Max, das zweite Foto zeigte die von Steins mit Max und Klara bei einem Ausflug in den Bergen, und das dritte Foto war Max und Christinas Verlobungsfoto.

Max überlebte schwer verletzt. Die Kugel war oberhalb des linken Auges wieder ausgetreten, die Gehirnschädigung war enorm, außerdem war er blind. Nach seinem Spitalsaufenthalt wurde er in die städtische Irrenanstalt eingewiesen, wo er Tag für Tag dahinvegetierte. Silvia starb an einem Schlaganfall, viele meinten jedoch, dass die wahren Gründe Kummer und Verbitterung waren.

Vierzehn Monate nach ihrer Entführung wurde die schöne, junge Lehrerin in einem Kellerraum in Wien gefunden, und auch der Entführer, ein alter Tscheche, wurde geschnappt, er starb kurz nach seiner Verhaftung an Krebs. Das Geld wurde fast zur Gänze sichergestellt, und Christina erholte sich schnell von ihrer Gefangenschaft, viel zu schnell, fanden einige Leute in Wien und am Attersee. Man nannte sie hinter vorgehaltener Hand die »Zehn-Millionen-Dollar-Frau«, und es gab eine Menge Getuschel. Als rechtmäßige Besitzerin der hundert Millionen kaufte sie sofort den Landsitz am Attersee zurück und bezog ihn. Die Perlenkette wurde ihr von Anton bei ihrem ersten Wiedersehen überreicht, und sie trug sie in den ersten Jahren beinahe täglich. Gemeinsam lebten die beiden im besten Einvernehmen in dem großen Haus, die junge Frau malte, pflegte ihren Rosengarten, und der alte Mann ging auf die Jagd. An dem Tag, an dem Hitler in Wien einmarschierte, erlag Anton einem Herzinfarkt. Max starb während des Krieges – wie die meisten Insassen der Irrenanstalt – überraschend »an Lungenentzündung«.

Im Herbst 1979 bekam die Haushälterin Hulda Siebner von ihrer langjährigen Herrschaft Christina von Stein deren Lieblingsschmuck, die hundertzwanzig Zentimeter lange Perlenkette, geschenkt. Eine Woche später legte sich die alte Dame ins Bett, um nicht mehr aufzustehen, zwei Wochen später fand Hulda sie am Morgen tot auf. Sie trug die Kette beim Begräbnis, bei dem sie der einzige Trauergast war.

Bei der Testamentseröffnung erfuhr Hulda Siebner, dass sie die alleinige Erbin des großen Hauses und des Vermögens war, und begann so heftig zu schluchzen, dass der Notar Mühe hatte, sie zu beruhigen. Sie bezog den Teil des Hauses, den Frau von Stein bewohnt hatte, der übrige Teil des Hauses wurde bereits seit Jahrzehnten vermietet. Mit Hingabe widmete sie sich den Rosen im großen Garten und der Pflege des alten Landsitzes. Die Perlenkette trug sie jeden Sonntag, wenn sie zur Messe ging. Anschließend setzte sie sich auf die Terrasse und trank zu ihrem Wiener Schnitzel einen gespritzten Weißwein. Sie saß auf der Hollywoodschaukel, starrte gedankenverloren in ihren Rosengarten und sinnierte über alte Zeiten.

Frau von Stein hatte sie im Jahre 1930 als Elfjährige vom Bauernhof ihres Vaters zu sich geholt. Sie war aus ihrem Auto gestiegen und war den Kindern mit ihrem Seidenkleid und der langen Perlenkette wie eine Fee vorgekommen. Sie, Hulda, sei die Tochter einer alten Freundin, erklärte sie dem Kind und strich ihm sanft über die Haare. Wenn Hulda daran dachte, wurde ihr immer noch warm ums Herz. Frau von Stein hatte sie aus einer lieblosen Welt gerettet, einer Welt, in der man von fünf Uhr früh bis spät in die Nacht hinein schuftete, in der es nur harte Worte gab und keine zärtlichen Berührungen. »Ich will, dass Annas Tochter zu mir kommt«, sagte sie zu den Bauersleuten, die Hulda gerne ziehen ließen, da sie noch drei kleine Kinder hatten.

Von Anfang an vergötterte Hulda sie, und auch Frau von Stein war dem fröhlichen Mädchen sehr zugetan. Die beiden verband eine innige Beziehung. Hulda durfte die Schule besuchen und ihren Traumberuf erlernen: Sie wurde Köchin. Als sie zwanzig war und der Krieg ausbrach, bestand Frau von Stein darauf, dass sie das Land verließ und eine Stelle in einem namhaften Hotel in der Schweiz annahm, drei Jahre später ging sie nach New York. Die zwei Frauen schrieben einander zahlreiche Briefe und besuchten sich nach dem Krieg jedes Jahr gegenseitig.

In den USA machte sich Hulda mit ihrem Apfelstrudel-Rezept einen Namen, und die Leute rannten dem Restaurant, in dem sie beschäftigt war, die Tür ein. Sie wurde über Nacht berühmt, und in der *Times* erschien sogar ein Artikel über sie. Die begehrte Köchin erhielt mehrere Angebote von Hotels und Restaurants, in einem bot man ihr die Küchenchefstelle an, und sie ergriff die Gelegenheit. Noch nie hatte eine Frau in den USA eine derartige Position innegehabt.

Mitte der fünfziger Jahre kehrte Hulda für immer nach Hause zurück und sagte, die Welt könne ihr gestohlen bleiben, sie wolle nun ihre Ruhe haben und hier bleiben. Sie hatte die bittere Seite der Liebe kennengelernt. Giovanni, ein italienischer Koch, hatte sie hartnäckig umworben, und sie waren ein Paar geworden. In heißen Stunden hatten sie sich die gemeinsame Zukunft rosig ausgemalt: ein eigenes Restaurant, ein eigenes Haus, Kinder. Bis er ihr das Apfelstrudel-Rezept entlockte und sich damit aus dem Staub machte. Brennend vor Scham über ihre dumme Naivität, flog sie zurück nach Österreich.

Frau von Stein war sichtlich erfreut, als Hulda vor ihrer Tür stand und sie um Asyl in ihrem ehemaligen Kinderzimmer bat. Weinend umarmten sich die beiden. Hulda zog also ein und schluchzte sich in den ersten Monaten jede Nacht in den Schlaf. Da Frau von Steins Haushälterin alt war, übernahm Hulda allmählich immer mehr deren Pflichten, und als sie in Rente ging, nahm Hulda die Stelle ein. Sie selbst wünschte es so. Eine ruhige, angenehme Zeit begann, die beiden Frauen lasen viel, gingen ins Theater, reisten.

Eines Tages, als Hulda die Rosen schnitt, kam Frau von Stein zu ihr in den Garten und setzte sich ins Gras. Sie erzählte von ihrer Kindheit in einem ungarischen Hurenhaus, nahe der Grenze zu Rumänien. Bis dreizehn hatte sie als Mädchen für alles arbeiten müssen, dann war sie gezwungen worden, ihren Körper zu verkaufen. Die Geilheit alter, fetter Männer hatte ihr Höllenqualen bereitet, und nach ihrer abenteuerlichen Flucht nach Österreich hatte sie nie wieder einen Mann an sich herangelassen. Der Gedanke an eine Perlenkette – sie deutete auf ihre Kette –, die sie unbedingt hatte besitzen wollen, hatte sie damals am Leben gehalten, fügte sie augenzwinkernd hinzu. Danach verführte Frau von Stein sie im Garten.

Fortan waren sie ein Liebespaar, das äußerst behutsam und zärtlich miteinander umging. Nach außen hin waren sie Herrschaft und Haushälterin, die auf andere unnahbar und undurchschaubar, später, als beide in die Jahre kamen, schrullig wirkten.

Und so hauste Hulda nun viele Jahre lang alleine in dem großen Haus und träumte von alten Zeiten, von Giovanni und dem Leben, das sie mit ihm hätte haben können, von Frau von Stein und dem Leben, das sie mit ihr gehabt hatte. Sie war einsam und wünschte sich Menschen um sich herum. Von ihren drei Halbgeschwistern lebte niemand mehr, sie hatte nur eine einzige Nichte, die in Indonesien lebte.

Sechs Jahre nachdem sie geerbt hatte, wusste sie, dass sie so nicht weiterleben wollte, die Stille begann sie verrückt zu machen. Außerdem machten ihr Rheuma und eine kaputte Hüfte zu schaffen, die Arbeit in Haus und Garten wurde ihr zu viel, und alles begann zu verwahrlosen.

Kurzentschlossen zog sie ihr schönstes Kostüm an, legte die Perlenkette um und fuhr zu einem alten Gasthof, der vor Jahren in eine Flüchtlingspension umfunktioniert worden war. Unzählige Male war sie mit ihrem Fahrrad an diesem Gasthof vorbeigefahren und hatte die Männer vor dem Haus herumlungern gesehen, noch nie hatte sie so viel Niedergeschlagenheit und Resignation auf einmal erlebt. Unter all den Männern war ihr einige Male ein junger, sehr großer Afrikaner aufgefallen.

Sie machte sich einen Spaß daraus, alle afrikanischen Männer dem Alter nach in einer Reihe antreten zu lassen. Es waren zwölf an der Zahl, und sie sah sich jeden Einzelnen genau an. Einer sagte grinsend auf Englisch: »Das ist wie auf dem Sklavenmarkt. Möchten Sie meine Zähne sehen?« Alle lachten und öffneten weit ihre Münder, Hulda lachte mit und schaute sich rosa Gaumen und perlweiße Zähne an. Jeder machte eine Kniebeuge und einen Liegestütz und erzählte in ein paar Sätzen von sich und woher er kam. Weil er ihr am sympathischsten war und sie seine fröhliche Ausstrahlung mochte, entschied sie sich tatsächlich für den, der ihr bereits früher aufgefallen war.

Er hieß Jemadari, kam aus dem Sudan und war zweiundzwanzig Jahre alt. Seine gesamte Familie war im Bürgerkrieg ums Leben gekommen, keine Sippschaft würde also nachkommen, sie würde ihn mit niemandem teilen müssen. Seine wenigen Habseligkeiten packte er sofort ein, dann winkte er seinen Leidensgenossen der letzten Wochen zu und stieg ins Auto.

Hulda nannte ihn James. Sie gab ihm ein großes Zimmer mit Balkon und bezahlte ihn gut, außerdem kümmerte sie sich um Aufenthaltsgenehmigung, Arbeitserlaubnis, Führerschein und Deutschkenntnisse. Alles war er für sie: Butler, Chauffeur, Gärtner, Koch, Krankenpfleger, Gesellschafter. Als Butler trug er einen Frack, als Koch eine schwarz-weiße Kochhose und eine weiße Kochjacke samt Mütze, als Krankenpfleger einen weißen Mantel, als Gesellschafter seinen afrikanischen Kaftan, und als Gärtner war er bis auf seine kurze Hose nackt. Auf der Terrasse sitzend, sah sie ihm zu, wie er mit nacktem Oberkörper den Rasen mähte. Sie bestand auf diese Kostümierungen und fand sie lustig, er ebenso. Das ganze Dorf tuschelte über die schräge alte Frau und ihren Sklaven. Den beiden war es gleichgültig, sie verstanden sich gut und hatten denselben Sinn für Humor.

Nach Jahren – die Kostümierungen gehörten längst der Vergangenheit an – passierte, was Hulda die ganze Zeit erwartet hatte: James verliebte sich. Er verliebte sich ausgerechnet in eine Bauerntochter, die einen großen Hof in der Nähe von Salzburg erben sollte. Hulda rollte mit den Augen, der Bauer tobte wie wild. Maria hatte eine sehr helle Haut, die im Sommer zu Sonnenbrand und Sommersprossen neigte, und ihre Haare waren weißblond. Wenn das Paar nebeneinanderstand, sah es aus wie schwarzer Kaffee und Milch, stellte Hulda fest.

»Ein afrikanisches Mädchen aus der Flüchtlingspension würde nicht reichen?«, fragte sie schnippisch. »Na komm schon, ich fahr mit dir hin und helfe dir beim Aussuchen. Ihr bekommt das Haus von mir und könnt es mit zehn kleinen Negerlein bevölkern.«

»Vielen Dank für das Angebot, ich will aber Bauerntochter, Hof und fünf Milchkaffees«, antwortete James.

»Sind es ihre üppigen Titten?«, fragte sie.

»Ihre Sommersprossen«, lachte er.

James ließ sich taufen, doch Bauer Franz ließ sich nicht erweichen. Ein Sudanese auf einem Salzburger Bauernhof, das durfte es nicht geben, er mache sich doch nicht zum Gespött der Leute. Alle möglichen Schikanen fielen ihm ein, doch Maria blieb stur, sie wollte James heiraten und den Hof übernehmen.

Als Maria schwanger wurde und die beiden Verliebten ihr dies verzweifelt beichteten – sie hatten Angst vor dem gewaltigen Jähzorn des Großvaters –, wusste Hulda, dass sie etwas unternehmen musste. Wie viele Jahre zuvor zog sie ihr schönstes Kostüm an, legte ihre Perlenkette um und fuhr gemeinsam mit ihrem Notar zum Bauernhof. Nach einer langen Unterredung stimmte der Mann der Hochzeit seiner Tochter zu, und der Termin wurde festgelegt, sie sollte in einem Monat stattfinden.

Zwei Tage später flog Hulda mit James nach New York, einmal noch wollte sie diese Stadt und Giovanni wiedersehen. Im Telefonbuch fanden sie ohne Schwierigkeiten seine Adresse in der Bronx, sie fuhren mit dem Cab hin und standen erstaunt vor dem heruntergekommenen Wohnblock.

Ohne Umschweife fragte Hulda den unermesslich dicken, verschwitzten Mann, der die Tür öffnete, was er mit ihrem Apfelstrudel-Rezept und aus seinem Leben gemacht hätte. Im nächstgelegenen Café jammerte er ihr vor, wie hart es mit ihm umgegangen war: Der Apfelstrudel war ihm nie richtig gelungen, das eigene Restaurant hatte er wegen zu großer Schulden wieder verloren, woraufhin sich die Ehefrau samt Kindern aus dem Staub gemacht hatte und er sein Leben lang eine Menge Alimente hatte zahlen müssen. Als er schließlich Huldas Hand tätschelte und weinerlich meinte, dass mit ihr alles besser gelaufen wäre, stand Hulda unvermittelt auf, legte ein paar Dollarscheine auf den Tisch und verließ das Café.

»Merk dir, James, eine unerfüllte Liebe erreicht nie die Niederungen des Alltags und kann deshalb immer eine große Liebe bleiben«, sagte sie, »vielleicht überlegst du es dir ja noch einmal.«

Ein paar Tage vor der Hochzeit schenkte Hulda James und seiner Braut ihre Perlenkette. James konnte es kaum glauben, er wusste, wie sehr die alte Dame an dem Schmuckstück hing, und wollte sie nicht annehmen.

»Beleidigt mich nicht!«, lachte Hulda. »Ins Grab kann ich sie sowieso nicht mitnehmen.«

James' und Marias Hochzeit war das Ereignis des Jahres, Hunderte Leute kamen an jenem Samstag in den kleinen Ort, um Kaffee und Milch als Bräutigam und Braut zu sehen. Nur eine kleine Hochzeit war geplant gewesen, doch es wurde ein riesiges Fest, selbst auf den Straßen feierte man ausgelassen mit. Die Braut trug ein fliederfarbenes, schulterfreies Kleid und hatte die lange Perlenkette doppelt um ihren Hals gelegt, der Bräutigam trug einen hellgrauen Anzug.

Einige Wochen darauf starb Hulda, sie schlief in ihrem Bett ein und wachte am Morgen nicht mehr auf. Das große Haus erhielt das SOS-Kinderdorf, den gesamten Grundbesitz und das Vermögen erbten James und Maria. Auf der Beerdigung weinte James wie ein kleiner Schoßhund, während sich seine Frau für ihn schämte.

Sieben Monate nach der Hochzeit kam ein kleines schokoladenfarbiges Mädchen auf die Welt und wurde auf den Namen Hulda Franziska getauft. Das Kind war der Liebling seines Großvaters Franz, während seine Eltern arbeiteten, ging er mit ihm spazieren, plauderte mit ihm und verwöhnte es.

Die Jahre vergingen, weitere Kinder folgten, ein Teil des Bauernhofs wurde zu einer Pension erweitert, und Arbeit gab es immer mehr als genug. Die Perlenkette verschwand in einer Kiste im Keller, Maria hatte sie nie gerne gemocht, sie war eifersüchtig auf die ehemalige Besitzerin, deren Ansehen James so hochhielt. Außerdem betrachtete sie Kirchenbesuche und Zeltfeste als keine passenden Anlässe, sie zu verwenden, obwohl James sie manchmal drängte, den Schmuck doch zu tragen.

Eines Tages verschenkte Maria die Perlenkette. Ihr kleiner Sohn war in den Teich gestürzt, eine Frau hatte ihn herausgezogen und ihm so das Leben gerettet. Die Frau kam aus Tirol und verbrachte mit ihrem Mann und der dreijährigen Tochter den Urlaub auf dem Bauernhof. Bei der krampfhaften Überlegung, was sie der Lebensretterin schenken solle, fiel Maria die Kette im Keller ein, und staunend nahm die Frau sie entgegen. Sie verliebte sich sofort in den Schmuck.

James wurde fuchsteufelswild, als er die Geschichte hörte, er wollte die Perlenkette zurückhaben, um sie später seiner ältesten Tochter vererben zu können. Er bettelte Maria an, der Frau ein anderes Geschenk anzubieten und die Kette zurückzuverlangen, sie sei ein Erbstück in der Familie, doch Maria weigerte sich. Sie habe ohnehin nie Verwendung dafür, sie fühle sich mit der noblen Kette um den Hals lediglich gewöhnlich und bäuerlich, schrie sie, und James starrte sie enttäuscht an.

Er durchwühlte das Zimmer der Gäste, fand jedoch die Kette nicht. Am letzten Abend setzte er sich mit einer Flasche Rotwein zu der Frau auf die Terrasse, deren Mann beim Zubettbringen der Tochter eingeschlafen war. Sie plauderten und tranken. Die Frau flirtete heftig mit ihm, und er stieg darauf ein, fragte sie, was er tun müsse, um die Kette zurückzubekommen, sie flüsterte ihm ins Ohr, sie wisse schon etwas. Eine Stunde später fanden sie sich im Heuschober wieder, sich liebend, wild und leidenschaftlich. Die ganze Woche hatte sie diesen großen, muskulösen schwarzen Mann beobachtet und von ihm geträumt.

»Die Perlenkette bekommst du trotzdem nicht zurück«, sagte sie kalt lächelnd und erhob sich. James starrte ihr verblüfft nach. So eine Unverfrorenheit war ihm noch nie im Leben begegnet. »Sie wird dir kein Glück bringen!«, schrie er ihr nach.

Am nächsten Tag reiste die Perlenkette in einem Wäschesack voller schmutziger Socken und nach Begierde duftenden Unterhosen nach Tirol. Maria und James schauten dem Auto nach, dann sahen sie sich an und schienen einander fremd.

Die Frau packte ihren Koffer aus und nahm die Perlenkette in die Hand. Langsam begann sie sich auszuziehen, und als sie nackt war, wickelte sie vorsichtig die Kette um den rechten Unterarm, danach um das rechte Fußgelenk. Was sie im Spiegel sah, gefiel ihr ausnehmend gut, es schien, als würde die Kette ihren üppigen, straffen Körper zum Strahlen bringen. Beim nächsten Treffen mit ihrem Liebhaber, zurzeit ein

Ofenbauer, vorher war es ein Polizist gewesen, würde sie die Kette tragen.

Sie hieß Jolanda Sattelwitz, stammte aus einem entlegenen Tal in Tirol und lebte jetzt in einer kleinen Stadt. Der Name tat ihr eigentlich unrecht, sie war beileibe kein Sattel, kein Witz, sie war eine Königin, eine Königin der Nacht, eine Göttin der Schamhaarrasur, eine Virtuosin des Ehebruchs. Mit vierzehn hatte sie die körperliche Lust für sich entdeckt und konnte ohne sie nicht sein. Sie liebte es zu lieben und liebte einen nach dem anderen. Am liebsten hätte sie die Lust zu ihrem Beruf gemacht, doch wollte sie ein ehrbares Leben führen und auch auf eine Familie nicht verzichten. Da die Intelligenz für ein Studium nicht reichte, entschied sie sich dafür, Sportlehrerin in einer Hauptschule zu werden, ein vollkommener Beruf, in dem man Körperkultur, Körperzurschaustellung – enge Spaghettiträgershirts und Hotpants gehörten quasi zur Berufskleidung, verwunderten also niemanden und eigneten sich herrlich für Flirts, ob mit Schülern, Vätern oder Kollegen – und obendrein Ehrbarkeit vereinen konnte. Kurze Zeit darauf fand sie auch einen lieben, sanften Mann, ohne jede Neigung zu Argwohn, zur Familiengründung. Jolanda genoss Familienleben und zahlreiche Affären, das eine schloss für sie das andere nicht aus. Frauen, die zu verklemmt waren, ihre Sexualität richtig auszuleben, verachtete sie.

Eines Abends, eine Woche nach dem Urlaub auf dem Bauernhof, lernte sie Paul in einer Bar kennen, sie war gemeinsam mit einer Freundin dort, er gemeinsam mit einem Freund. Paul zeigte unvermittelt auf ihre Perlenkette, sagte: »Die Kette sieht verdammt wertvoll aus und steht dir verdammt gut.« Und so kam man ins Gespräch. Ihre Freundin versuchte, ihr den Freund schmackhaft zu machen, doch sie winkte ab, sie wollte Paul. Daraufhin meinte die Freundin sarkastisch: »Fällt wohl nicht in dein Beuteschema?«, woraufhin Jolanda brüsk antwortete: »Er ist einfach der Nettere!«

Doch die Freundin hatte recht: Pauls Freund interessierte sie vor allem deshalb nicht, weil er Single war. Jeden bekam sie, den sie wollte, und am liebsten hatte sie gebundene Männer. Einfühlsam spürte sie, was der jeweilige Fang in seiner festen Beziehung vermisste, und verkörperte dann in der Affäre genau das, oft war es ihr nicht einmal bewusst. Doch vor allem erregte sie der Gedanke an Eifersuchtsszenen zwischen ihrem Liebhaber und dessen Freundin oder Ehefrau. Manchmal kreierte sie absichtlich ein Corpus Delicti – eine SMS zu einer unpassenden Zeit, ein Zettel in der Jackentasche, Haare am Autositz –, damit es zu einem Streit kommen musste. Sie lag dann zu Hause in ihrem Bett, stellte ihn sich vor und masturbierte dabei.

Da Paul ein begeisterter Mountainbiker war, kaufte sie sich ein Mountainbike und begann zu trainieren, vorher war sie mit dem Ofenbauer oft reiten gegangen. Jede Woche machten sie gemeinsam ihre Touren, und bei den Pausen lauschte sie verständnisvoll seinen Erzählungen über Schwierigkeiten im Job, er war Physiker, in der Ehe und mit den vier Kindern. Fröhlich, temperamentvoll und aktiv gab sie sich, wusste sie doch, dass die Ehefrau ruhig und zurückhaltend war. Ein halbes Jahr brauchte sie, um Paul von ihren unwiderstehlichen Reizen zu überzeugen. Schließlich wurden sie ein Liebespaar, und Paul wurde von der Heftigkeit der Affäre völlig überrumpelt. Meist trafen sie sich in seinem Büro, breiteten eine Decke auf dem Boden aus und liebten sich, dabei trug Jolanda die Perlenkette um ihr Fußgelenk. Einmal fesselte sie damit Pauls Hände, und er betrachtete sie eingehend.

»Ich glaube, das sind wirklich echte Perlen«, sagte er, »die Kette muss ein Vermögen wert sein.«

Jedes Mal wollte Paul die Beziehung beenden, und Jolanda spürte, er gehörte ihr nicht ganz, sein Innerstes troff vor schlechtem Gewissen, und er war in Gedanken meist bei seiner Familie. Das war ihr noch nie passiert, ihr Ehrgeiz wurde geweckt, und sie fasste einen Entschluss: Sie wollte erreichen, dass er seine Familie für sie verließ, sie wollte ihn ganz für sich haben. Nach einigen Wochen triumphierte sie, nachdem sie die Affäre hatte auffliegen lassen, zog ihr Mann aus der Wohnung aus und Paul ein. In der ersten Nacht in der gemeinsamen Wohnung überreichte sie ihm die Perlenkette als Geschenk.

»Sie soll für immer unser Liebespfand sein, ich werde sie nur tragen, wenn ich bei dir bin«, flüsterte sie ihm ins Ohr. Paul legte die Kette in seinen Schreibtisch und nahm sich vor, ihren Wert bei einem Juwelier überprüfen zu lassen.

Seine Kinder ließ er traumatisiert zurück, seine Frau brach völlig zusammen. Die Scheidung ging trotz einiger Komplikationen dennoch schnell vor sich. Für ihn begann ein Liebesrausch in Freiheit, und er fühlte sich so jung wie schon lange nicht mehr.

Nach einem Jahr erwachte er aus seinem Rausch und war gelangweilt von den Liebesspielen. Nach einem weiteren Jahr war er finanziell ruiniert von den Alimentezahlungen, erschöpft vom Jonglieren seiner Freizeit mit sechs Menschen mit sehr unterschiedlichen Bedürfnissen und krank vor Sehnsucht nach seinem eigenen Haus und seinem alten Leben. Die Schnelllebigkeit im Beruf und im Alltag machte ihm zu schaffen. Er fühlte sich alt und ausgebrannt.

Seine Kinder waren ihm entglitten, besonders seine zwei Großen. Sein Sohn schrie ihm ins Gesicht, dass er ihn hasse, seine älteste Tochter Nora, sie war immer sein Liebling gewesen, wollte ihn auf ihrem Maturaball nicht dabeihaben. An diesem Abend betrank er sich bis zur Bewusstlosigkeit, um nicht mehr daran denken zu müssen, dass ein anderer Mann, seine Ex-Frau hatte einen neuen Partner, mit seiner Erstgeborenen den Vater-Tochter-Walzer tanzte. Seine Vorstellungen gingen mit ihm durch: Daneben tanzte seine Ex-Frau – sie hatte ihr Aussehen komplett verändert und sah phänomenal gut aus, er vermisste sie und ihre Ausgeglichenheit schmerzhaft – mit seinem Sohn und warf dem anderen Paar eine glückliche Kusshand zu.

Das war doch seine Familie, wie hatte das passieren können, dachte er, während er einen Whiskey nach dem anderen hinunterkippte und ihm die kleine Stieftochter verwundert zusah. Die Liebe zu Jolanda verabschiedete sich allmählich in ihm, und er wehrte sich dagegen, er wollte nicht beginnen, sie zu hassen.

In einer warmen Sommernacht kam er verfrüht von einem Kongress zurück und schlich sich leise in die Wohnung, um niemanden zu wecken. Auf dem großen Bett lag ein fremder Mann, vollkommen nackt, und schlief, an seine Seite geschmiegt lag Jolanda, ebenfalls nackt, um das rechte Fußgelenk hatte sie die Perlenkette gewickelt. Die Perlen leuchteten in der Dunkelheit. Paul drehte sich um, verließ die Wohnung und verbrachte die Nacht in einem Hotel.

Er bat seine Ex-Frau um ein Treffen, lud sie zum Abendessen ein und bettelte um eine zweite Chance, einen gemeinsamen Neustart. Traurig sah sie ihn an und schüttelte dann den Kopf, bevor sie aufstand und das Restaurant verließ.

Auf einer Mountainbiketour radelte Jolanda unmittelbar vor ihm. Auf rutschigem Gelände stellte er sich plötzlich vor, wie er die Hand ausstreckte – er streckte sie tatsächlich aus –, ihr einen kleinen Stoß gab und sie die Felswand hinunterstürzte. Am Abend zog er aus der Wohnung aus.

Ein paar Tage später verunglückte sie tödlich. Sie war mit ihrem neuen Freund Gleitschirmfliegen gegangen und dabei abgestürzt. Paul kündigte seine Arbeit und verkaufte alles, was er besaß, den Erlös überwies er auf das Konto seiner Ex-Frau. Die Perlenkette schenkte er seiner ältesten Tochter, die nach dem Sommer nach Paris gehen wollte, um zu studieren. Als er sie an sich drückte, begann er haltlos zu weinen, und die junge Frau weinte mit. Dann setzte er sich in einen Flieger nach Südamerika. Er war fünfzig und wollte sich selbst finden. Nora fuhr mit ihrem neuen Freund nach Südtirol, um dessen Familie kennenzulernen, die Perlenkette nahm sie mit.

Nach einem Jahr bereiste Paul Australien und war fasziniert von der Weite des Landes. In einem Nationalpark im Westen lernte er eine junge Aborigine-Frau kennen und verliebte sich in sie. Sie erzählte ihm die Legende von den Apanie-Perlen, welche die alten Leute an die jungen Leute im Dorf weitergaben: Eine junge Perlentaucherin hatte an ihrem Todestag hundert gleich große und vollkommene Perlen aus dem Meer geholt, bevor ein Hai sie vor den Augen ihrer Freundinnen zerfleischte. Später gab der reumütige Perlensucher die Halskette, die man aus den Perlen gefertigt hatte, dem Verlobten des Mädchens zurück und wurde selbst den Haien zum Fraß vorgeworfen. Jahrzehntelang blieb die Perlenkette im Dorf und brachte den Menschen Glück und Segen, bis ein junger Aborigine sich unsterblich in eine Engländerin verliebte und ihr die Perlenkette schenkte. Das Mädchen folgte ihm in sein Dorf und wollte mit ihm leben, doch die Eltern holten es zurück und sperrten es ein. Der junge Mann befreite in der Nacht heimlich seine Geliebte und versteckte sich mit ihr in einer Höhle, wo sie sich zum ersten Mal liebten. Da ihre Liebe aussichtslos war, wollten sie gemeinsam sterben. Die Mythologie der Aborigines besagte, dass nach dem Tod das eigentliche Leben, nämlich die Traumzeit, anfange und dass ein Steuermann die Verstorbenen an Bord eines

Bootes auf die Insel bringe, von wo aus man die Reise in die Traumzeit beginnen würde.

Die beiden zerrissen also die Kette und aßen die einzelnen Perlen, niemand sollte sie ihren toten Körpern abnehmen können. Mit einem kleinen Teil wollten sie den Steuermann bezahlen, und mit dem Rest wollten sie sich in der Traumzeit eine neue Kette fädeln, um für immer das Glück auf ihrer Seite zu haben. Sie aßen von einer giftigen Wurzel und starben. Verliebte pilgerten immer noch zu diesem Hügel am Meer, wo man die beiden begraben hatte, im Frühling blühte dort eine äußerst seltene Orchidee mit dem Namen Rhizanthella gardneri.

Paul konnte diese Geschichte nicht oft genug hören.

Die Auszüge aus der heiligen Messfeier in der Geschichte »Bis der Tod uns scheidet« sind aus: Geisser, Martin: Die heilige Messfeier. Eine Hilfe zum besseren Verständnis. Fribourg: Kanisius Verlag, 1999

Leseprobe

aus

JUDITH W. TASCHLER

DIE DEUTSCHLEHRERIN

Roman

DROEMER

Prolog

Gesendet: 27. November 2011
Von: Kulturservicestelle des Landes Tirol
An: M. K.

Sehr geehrte Frau Mag. Kaminski!

Wir bedanken uns für die Anmeldung Ihrer Deutschklassen zur Veranstaltungsreihe »Schüler/in trifft Autor/in«, die wie geplant im Sommersemester 2012 in den Schulen stattfinden wird. Eine Woche lang wird eine Autorin bzw. ein Autor in der Schule für interessierte Schüler/innen eine Schreibwerkstatt leiten.

Wir konnten insgesamt fünfzehn Autor/inn/en für das Projekt gewinnen; welche Autorin bzw. welcher Autor Ihre Schule besuchen wird, entscheidet das Losverfahren. Die bzw. der Betreffende, die/der Ihre Schule gezogen hat, wird sich im Jänner 2012 zwecks Terminvereinbarung per E-Mail oder telefonisch bei Ihnen melden.

Mit freundlichen Grüßen,
Mag. Anita Tanzer
Kulturservicestelle – Landesschulrat Tirol

Gesendet: 20. Dezember 2011
Von: Kulturservicestelle des Landes Tirol
An: Xaver Sand

Sehr geehrter Herr Sand,

wir freuen uns, Ihnen mitteilen zu können, dass Sie die Schreibwerkstatt im Zuge des Projektes »Schüler/in trifft Autor/in« im Wirtschaftskundlichen Realgymnasium der Ursulinen am Fürstenweg 86 in Innsbruck halten werden. Bitte vereinbaren Sie einen Termin mit dem zuständigen Deutschlehrer unter m.k.@tsn.at.

Herzlich,
Mag. Anita Tanzer
Kulturservicestelle – Landesschulrat Tirol

E-Mails, die Mathilda und Xaver einander schreiben, bevor sie einander wiedersehen

Gesendet: 27. Dezember 2011
Von: Xaver Sand
An: M. K.

Sehr geehrter Herr M. K.?,

ich wurde vor zwei Monaten gebeten, bei einer Veranstaltungsreihe für Schulen mitzumachen, und vor ein paar Tagen erfuhr ich von derselben Stelle, dass ich beim Losverfahren Ihre Schule gezogen habe. Ich soll eine Woche lang mit Ihren Schülern eine Schreibwerkstatt abhalten.

Zwecks Terminvereinbarung: Am liebsten wäre mir die Woche vom 13. bis 17. Februar. Da Sie telefonisch auch nicht erreichbar sind – das Sekretariat Ihrer Schule scheint unbesetzt zu sein –, bitte ich Sie um eine baldige Antwort per E-Mail.

Xaver Sand

Gesendet: 29. Dezember 2011
Von: Xaver Sand
An: M. K.

Sehr geehrter Herr M. K.,
ich bitte Sie höflichst um einen Termin, damit ich andere Termine koordinieren kann!
Xaver Sand

Gesendet: 4. Jänner 2012
Von: Xaver Sand
An: M. K.

Ich bitte um einen Termin! Im Sekretariat Ihrer Schule sprach ich bereits mehrmals auf den Anrufbeantworter, zurückgerufen wurde ich nicht.
Xaver Sand

Gesendet: 7. Jänner 2012
Von: M. K.
An: Xaver Sand

Lieber Xaver,
vielen Dank für deine freundlichen E-Mails. In den Weihnachtsferien ist das Sekretariat unserer Schule nicht besetzt und ich rufe in den Ferien meine E-Mails selten ab.

Wir freuen uns alle, den berühmten Jugendbuchautor bald an der Schule zu haben.

Der Termin, den du vorgeschlagen hast, ist leider nicht möglich, da in dieser Woche Semesterferien sind. Meine Kolleginnen, Kollegen und ich würden die erste Märzhälfte bevorzugen. Bei der Auswahl der Tage richten wir uns ganz nach dir.

Mathilda Kaminski

Gesendet: 8. Jänner 2012
Von: Xaver Sand
An: M. K.

Mathilda??? Mathilda???? Mathilda?????
War das eine Überraschung! Mein Gott, ich

glaube es einfach nicht, bist Du es tatsächlich??? Welch ein Zufall!!!!!! Auf die Idee, dass Du es bist, wäre ich nie im Leben gekommen! Was um alles in der Welt hat Dich in die Berge verschlagen???

Herzlich,
Xaver

Zwei Stunden später
Von: Xaver Sand
An: M. K.

Seit wann lebst Du in Tirol? Wie geht es Dir? Immer noch die engagierte Lehrerin? Bist Du verheiratet? Schreib mir doch, ich bin so gespannt, von Dir zu hören/lesen!!!

Gesendet: 9. Jänner 2012
Von: Xaver Sand
An: M. K.

Hallo! Hallo? Hallo!!!

Ich würde mich sehr über ein paar Zeilen freuen!

Gesendet: 10. Jänner 2012
Von: Xaver Sand
An: M. K.

Weißt Du, was ich momentan lautstark höre, während ich mir einen Whiskey genehmige? Tom Waits!!!

Waltzing Matilda, Waltzing Matilda,
You'll come a Waltzing Matilda with me,
And he sang as he watched and waited till his billy boiled,
You'll come a Waltzing Matilda with me.

Weißt Du noch, im Juli 1986, am nächtlichen Strand von Pinarellu in Korsika? Dieser ältere Mann aus Südtirol – wie hieß er gleich noch einmal? Luigi? – spielte auf seiner Gitarre und röhrte dazu dieses Lied mit seiner gewaltigen Stimme, wahrscheinlich wollte er Dich damit beeindrucken, Du hattest ihm ja bereits die Tage davor so gut gefallen, er kam ständig zu unserem Zelt, in der Hand eine Weinflasche, und bat Dich um einen Korkenzieher, und während er unbeholfen mit unserem Korkenzieher seine Flasche Kalterer See öffnete, flirtete er mit Dir, mich in meiner Hängematte nicht beachtend.

Wir saßen um das Feuer herum, ich weiß nicht mehr, wer sich zu uns gesellt hatte, auf alle Fälle waren wir an die zehn Leute, als Du plötzlich, obwohl Du ein bisschen betrunken warst – vielleicht ja deswegen –, aufstandest und zu diesem *Waltzing Matilda* zu tanzen anfingst. Eigentlich war es kein richtiges Tanzen, mehr ein rhythmisches Bewegen, aber es war so unglaublich sinnlich und leidenschaftlich, Du streiftest Dir schließlich sogar das Kleid über den Kopf, warfst es in den Sand und tanztest vor all diesen Menschen, nur mit einer altmodischen Unterhose bekleidet! Ich weiß noch genau, wie diese Unterhose aussah, sie war dunkelviolett, vorne zierte sie eine winzige Masche; immer trugst Du diese altmodischen Unterhosen. Nach dem Lied liefst Du ins Wasser hinein und kamst zurück, um mich auch ins Meer zu ziehen. Der Südtiroler half mir dann, Dich zum Zelt zu bringen, er ließ es sich nicht nehmen, Dich auf einer Seite zu stützen, im Zelt selbst schliefen wir miteinander, und ich bin mir heute noch sicher, dass er daneben stand und lauschte, der Gedanke erregte mich damals.

Jedes Mal, wenn ich an Dich denke, habe ich dieses Bild vor mir, wie Du in Deiner Unterhose am Strand um mich, um den Sänger, um das Feuer herumtanzt und das Meer neben uns plätschert. Du warst an jenem Abend so wunderschön.

Schreib mir doch zurück, bitte schreibe mir, um der guten alten Zeiten willen.

Xaver

Gesendet: 11. Jänner 2012
Von: M. K.
An: Xaver Sand

Xaver,

jedes Mal, wenn ich an dich denke, habe ich ein anderes Bild vor mir.

Vor fast sechzehn Jahren, am 16. Mai, stand ich sehr früh auf und radelte in die Schule. Du schliefst noch und wie immer verabschiedete ich mich mit einem Kuss. Je nachdem, wie du lagst, erwischte ich eine Wange, die Stirn oder deine Haare, an dem Morgen waren es deine Haare.

Es wäre falsch, wenn ich behaupten würde,

ich hatte es bereits geahnt. Ich hatte nämlich nichts, rein gar nichts geahnt, und das war das Schlimmste.

An dem Tag unterrichtete ich sechs Stunden hintereinander, in der Mittagspause machte ich die Aufsicht in der Mensa und dann hielt ich noch eine Stunde Förderunterricht ab. Es war ein sehr heißer und schwüler Tag, das weiß ich auch noch. Ich kann mich noch an ein paar Einzelheiten erinnern, wie zum Beispiel, dass die 3c die Schularbeit schrieb, ihre erste Erörterung, und dass ich mit der 4b eine Diskussionsrunde machte: »Sollen Tierversuche gänzlich abgeschafft werden?« Ja, und am Nachmittag kaufte ich noch ein, Salat, Tomaten, Paprika, Vollkornbrot, Butter, Schnittlauch. Du aßest zu der Zeit so gerne am Abend, wenn es heiß war, einen gemischten Salat mit Schnittlauchbroten. Erinnerst du dich?

An der Wohnungstür läutete ich, du öffnetest aber nicht, deshalb stellte ich alle Taschen auf den Boden und sperrte auf. Ich dachte, dass du eine Runde mit dem Rad fährst oder bei Paul oder Georg bist oder sonst irgendetwas erledigst. Ehrlich gesagt dachte ich mir nicht viel, wir hatten nicht diese Art von Beziehung, bei der jeder ständig wissen musste, wo der andere war oder was er gerade machte.

Ich öffnete die Tür und sah sofort, dass etwas nicht stimmte. In der ersten Sekunde wusste ich nicht, was es war, aber dann fiel es mir auf: Der Gang wirkte viel leerer als sonst. Auf dem Boden standen keine Schuhe von dir und auf den Haken hingen deine Jacken nicht. Auch dein Regenschirm, der dunkelblaue Knirps, war nicht mehr da. Zuerst war ich erstaunt, ich kannte mich nicht aus, ich meinte, du hättest vielleicht aufgeräumt oder entrümpelt.

Aber dann schloss ich die Tür und sah, dass an der Wand hinter der Tür das eingerahmte Foto der rumänischen Landschaft fehlte. (Es war das eine, das du gemacht hattest, als du mit Paul in Rumänien unterwegs gewesen warst. Auf dem Foto war diese alte, zahnlose Frau zu sehen, die eine Holzkarre voll Gemüse auf einem Wiesenweg schob, eine kleine Katze saß auf den Zucchini, dahinter die weite grüne Landschaft.) Das Bild war weg und der weiße Fleck leuchtete auf der Wand. Das zweite Bild daneben hing noch. Es war das, das ich in Korsika gemacht hatte, von dem Sonnenuntergang am Meer, in dieser Bucht von Pinarellu.

Leseprobe

Das Bild, das du gemacht hattest, war also weg. In dem Moment wusste ich es bereits oder zumindest ahnte ich es. Obwohl ich noch krampfhaft dachte: Es kann ja sein, dass Xaver gerade einen anderen Rahmen dafür besorgt oder dass es ihm nicht mehr gefällt und es deswegen abgenommen hat. Ich ging in die Küche und dort war alles wie immer, nichts fehlte. Dann sah ich, dass sehr wohl etwas fehlte: deine benutzte Kaffeetasse, die du jeden Tag in die Abwasch stelltest. Wir räumten immer erst am Abend den Geschirrspüler ein. Hast du es so eilig gehabt, wegzukommen, dass du nicht einmal mehr deinen Kaffee in der Früh hast trinken können, auf den du nie verzichtet hast?

Im Wohnzimmer sah die Bücherwand erschreckend leer aus, alle deine Bücher waren weg und auch deine CDs. Und in unserem Arbeitszimmer fehlten dein Schreibtisch samt Drehstuhl und auch das neue Regal, mein Schreibtisch und mein Regal standen vereinsamt da, es war ein zur Hälfte komplett leerer Raum. Der Parkettboden glänzte an der Stelle, an der der Schreibtisch gestanden war, dunkel. Im Schlafzimmer war deine Seite des Kastens leer und dein Wohnungsschlüssel lag auf dem

Nachtkästchen. Keine Erklärung auf irgendeinem Zettel, nur dein Schlüssel.

Das ist das Bild, das ich vor mir habe, wenn ich an dich denke: diese dunkle, rechteckige Stelle im Parkettboden. Sie erinnerte mich noch lange an dein feiges Verschwinden. So lange, bis ich nach Innsbruck übersiedelte, weil ich es nicht länger ertrug.

Mathilda

P. S.: Der Südtiroler hieß nicht Luigi, sondern Kurt, und er kam nicht aus Südtirol, sondern aus der Steiermark. Außerdem waren wir im Juli 1987 in Pinarellu und nicht 1986.

Leseprobe